우리가
당신을
찾아갈
것이다

김홍
소설

문학동네

차례

실화

개 두 마리의 목줄을 나무에 묶고 돌아섰을 때, 정기는 먼 곳에서 산이 무너져내리는 소리를 들었다. 산맥이 통째로 바다에 가라앉으며 돌 긁는 소리를 내는 것처럼 들리기도 했다. 크고 무서운 소리였다. 정기는 가로등의 불빛이 닿지 않는 쪽을 골라 걸어야 했다.

공원은 건물을 짓다가 만 공사장처럼 황량했다. 동네 학생들이 술판이라도 벌였는지 빈 맥주 캔과 신문지가 엉켜 굴러다녔다. 웃자란 잔디가 발목을 건드렸고, 그때마다 정기의 목덜미에 좁쌀보다 작은 소름이 돋았다. 그는 조금 더 걷다가 자기가 지나온 길을 돌아봤다. 나무에 묶인 도비가 두 발로 일어서자 목줄이 팽팽해졌다. 헐크는 가만히 엎드려서 발을 핥고 있었다.

정기는 묶여 있는 개들을 향해 두어 걸음을 옮기다 멈춰 섰다. 두 마리 개는 고개를 갸웃하며 정기를 바라봤다. 정기는 이내 몸을 돌려 공원을 빠져나왔다.

도비는 현수가 데려온 개였다. 해리 포터 시리즈에 나오는 '집요정 도비'를 떠올리며 귀여운 강아지일 거라 생각한다면 도비에게는 상당한 실례가 될 것이다. 도비는 허리와 다리가 길쭉하고 얼굴이 여우처럼 뾰족한 대형 도베르만이었다. 하루에 두 번씩 산책을 나가 고기 한 근만큼의 똥을 싸고 돌아왔다. 정기는 도비가 싸는 게 정말로 고기라면 얼마나 좋을까 생각한 적이 있다. 삶고 굽고 무쳐 먹다가 질리면 시장에 나가 돈을 받고 팔 수도 있겠지. 그러면 고기는 쌀이 되고 감자가 되고 대파가 돼서 훌륭한 찌개 한 그릇을 끓여낼 수 있을 것이었다. 헐크는 도비가 만든 고기를 맛있게 먹을까? 헐크는 이름에 어울리지 않게 조그만 미니 핀셔 종의 강아지였다. 헐크가 싸놓은 강낭콩 같은 똥이 정말로 콩이라면 푹 삶아서 고기와 함께 먹을 수도 있을 텐데. 두 마리 개가 싸지르는 똥을 먹고 사는 선순환 경제는 누구에게도 피해를 주지 않는 완벽한 생활일 것이 분명했다. 하지만 도비와 헐크는 고기와 콩을 싸지 않았고, 정기의 똥도 된장이나 카레가 아니었다.

정기가 현수와 함께 게르마늄 목걸이 사업에 뛰어들게 된 건 현대인 때문이었다.

그랬다. 언제나 현대인이 문제였다.

현대인은 콜레스테롤 수치가 높고, 영양이 불균형하며, 목덜미가 뻐근한 것은 물론이고 수시로 어깨가 결렸다. 현대인의 생활습관은 EBS 다큐멘터리부터 신문기사는 물론이고 인터넷 블로그까지 각종 매체에서 낱낱이 파헤쳐지고 분석되어 규탄의 대상이 됐다. 의약외품과 건강보조기구들이 비난해 마지않는 현대인. 이럴거면 중세인에 머물지 뭐하러 현대인이 됐나 싶을 정도로 현대인은 병들었고, 그러면서 병든 줄도 모르는 무지한 존재였다. 현대인을 구하자는 마음으로 고등학교 동창이었던 두 사람은 주거와 사무 목적을 겸한 투룸을 얻고 사업자 등록을 했다.

일본에 패키지여행을 다녀온 사람이라면 누구나 한 번쯤 가이드 선생의 게르마늄 목걸이 예찬을 들어본 적이 있을 것이다. 뻔한 상술이지, 저거 하나 팔면 몇 프로나 받아갈까, 이래서 패키지여행은 오기 싫었다니까, 하면서도 자꾸 듣다보면 가이드 선생의 진정성 있는 추천사가 마음에 걸리고, 어쨌든 과학적으로 효과는 증명됐다고 하니까(논문도 있고 하여튼 과학자들이란 엄청나게 똑똑한 사람들일 텐데 그 사람들이 좋다고 했다니까) 게르마늄 목걸이란 것이 면역력 증진과 자연치유력 복원에 탁월한 효능이 있다는 것은 반박할 수 없는 사실이 되어버린다. 고향에 계신(정기는 서교동에서 나고 자랐다) 부모님의 얼굴이 뇌리를 스치고,

전 같지 않게 한번 술을 마시면 사흘이고 나흘이고 끙끙대며 숙취로 고생하는 자신의 모습도 되돌아보고, 아무래도 우리는 현대인이고 하다보니 게르마늄 목걸이 하나쯤 있어야지 싶다가도 만만치 않은 가격을 들으면 선뜻 손이 가지 않던 경험, 누구나 한 번쯤은 있을 것이다. 현수는 생각했다고 한다. 온 국민이 부담 없이 게르마늄 목걸이 하나쯤은 차고 다닐 수 있는 세상을 만들어야 하는 게 아닐까?

어려서부터 현수는 정기의 보호자였다. 정기를 보호한 건 학교나 가정이 아니라 자신보다 두 살 어린 현수였다. 중학교 시절 내내 노골적인 따돌림과 은밀한 폭력의 대상이었던 정기는 열다섯 살 생일날 자신을 괴롭히던 같은 반 친구의 머리통에 컴퍼스를 꽂았다. 뽑아내는 순간 물총처럼 허공을 향해 뿜어져나오던 핏줄기를 보며 정기가 떠올린 건 정말로 물총이었다. 한 번도 물총 싸움을 해본 적이 없는데. 여름마다 입고 있는 옷이 투명해질 때까지 물총 싸움을 하던 친구들이 늘 부러웠다. 정기는 어떠한 무리에도 끼어본 적이 없었고, 누구도 정기를 부르지 않았다. 퇴학이나 다름없는 자퇴로 중학교 생활을 마친 뒤 검정고시 학원에서 현수를 만났고, 정기는 그제야 물총 싸움을 할 수 있었다. 친구가 사준 생일 케이크 앞에서 초를 불어본 것도 현수를 만나 처음 해본 일 중 하나였다.

정기는 고등학교 시절 내내 편의점에서 일했다. 편의점 사장은 정기를 가족처럼 대했다. 가족처럼 대했기 때문에 시급을 최저임금의 절반만 주고, 시재가 안 맞으면 머리에 꿀밤을 먹이며 혼내고, 명절에는 쥐꼬리만큼의 용돈을 가외로 주며 생색을 냈다. 정기는 졸업식 날에도 편의점에 출근했고 열아홉번째 생일도 편의점에서 맞았다. 그렇게 삼 년을 일했다. 현수의 도움으로 그동안 받지 못한 주휴수당과 최저임금 대비 부족분, 퇴직금을 계산하니 삼천만원 정도가 됐다. 노동청에 민원을 넣었고, 곧 편의점 사장과의 삼자대면 일정이 잡혔다. 출석 하루 전날 야구방망이를 들고 정기의 집에 찾아온 사장은 문 앞에서 정기를 한참 기다리다 돌아갔다. 고용노동부 근로감독관은 뿔테 안경이 잘 어울리는 중년의 남자였다. 그는 사장에게 전과자가 되든지 정기에게 돈을 주든지 둘 중의 한 가지 일은 반드시 일어날 거라고 말했다.

정기가 사장에게 받은 돈은 게르마늄 목걸이 사업의 소중한 밑천이 됐다. 사장은 매주 월요일 아침마다 정기에게 저주의 문자를 보내왔다. 현수는 일본 여행에서 만난 가이드와 꾸준히 연락하며 게르마늄 목걸이 사업의 전망을 그려나가고 있었는데, 그를 통해 남아공에서 광산업을 하는 한국인 사업가를 소개받았다. 게르마늄은 자연상태에서 원소 자체로는 발견되지 않고 다양한 광석에 미량으로 존재하는데, 복잡한 화학 처리를 거쳐야 순도 높은 물질을 얻을 수 있었다. 현수는 현지 광산을 직접 둘러보며 자재를 공급받을 영업선을 확보하기로 했다.

정기는 현수를 인천공항에서 배웅했다. 그뒤로 현수는 연락이 끊겼고 한국으로 돌아오지도 않았다. 정기가 편의점 사장에게서 받은 돈에 제2금융권에서 한껏 땡겨온 돈을 합쳐 오천만원 정도가 현수의 이름으로 된 통장에 들어 있었다. 정기는 통장에 잔액이 얼마나 남아 있는지조차 알 수 없었다.

정기는 매일 두 번 도비를 데리고 밖에 나갔다. 실외 배변을 고집하는 도비는 집에서 오백 미터 이상 떨어진 곳에서만 용변을 봤다. 비 오는 날에도 우산을 쓰고 산책했다.

현수가 남아공으로 떠난 지 한 달이 조금 넘었을 때 미소가 찾아왔다. 미소는 스티브 부세미를 닮은 여자로, 자신을 현수의 이복 누나라고 소개했다. 현수보다 두 살이 많았고 정기와는 동갑이었다. 도비를 데리고 산책을 다녀왔는데 집 앞 계단에 미소가 앉아 있었다. 미소는 다짜고짜 도비를 데려가겠다고 했다. 도비는 자신이 현수와 함께 키우던 개라고 주장했다. 셋이서 함께 찍은 사진도 보여줬다. 스튜디오에서 찍은 가족사진처럼 두 사람이 서 있는 자세가 뻣뻣했다. 배경으로 보이는 바다는 비현실적으로 푸르고 파도가 높았다.

도비를 내주는 일은 절대 없을 거라고, 정기는 선언하듯 말했다. 현수에게 누나가 있다는 말을 들어본 적이 없었다. 사진 한 장이 모든 것의 증거가 되기는 힘들었다. 현수가 돌아올 때까지 도비를 맡기로 한 건 다른 누구도 아닌 자신이었다. 설령 미소가 정말로 현수의 누나라고 해도 도비를 데려갈 권리가 있는 건 아니지 않나. 현수와 전화라도 한 통 할 수 있다면 모르겠지만. 아침저녁으로 산책을 시킨 도비와 정이 많이 들어 헤어질 자신이 없었다. 미소는 정기의 집에 캐리어를 끌고 들어와 짐을 풀었다. 현수에게서 연락이 올 때까지 현수의 방에 머물겠다고 말하고는 방문을 잠가버렸다. 정기의 의견을 물을 생각은 없어 보였다.

에이왑에게 미소의 이야기를 했더니 당장 경찰에 신고하라고 했다. 에이왑은 도비를 산책시키러 매일 가는 공원에서 만난 남자였고, 헐크의 주인이었다. 에이왑이라는 이름이 귀에 익어 인터넷에 검색했더니 프로필과 함께 사진이 나왔다. 그는 홍대 근처에서 조금씩 이름을 알려가고 있는 힙합 뮤지션이었다. 정기는 멜론의 추천 차트에서 그의 랩을 들어본 일이 있는 걸 기억했다. 헐크는 도비와 만나면 꼬리를 낮게 내리고 몸을 웅크리며 쉴새없이 으르렁댔다. 도베르만과 미니 핀셔는 서로가 서로에게 확대나 축소 버튼을 누른 것처럼 생김새가 비슷했다.

에이왑은 매번 개똥을 주워 담을 비닐봉지를 챙겨오지 않았다. 정기는 에이왑에게 비닐봉지를 빌려줬고 에이왑은 정기에게 담배를 줬다. 정기는 담배를 피우지 않았지만 보상 없이 비닐봉지를 내주는 것이 맘에 들지 않아 에이왑이 주는 담배를 받았다. 그러다 담배를 배우게 됐고, 언젠가부터는 에이왑을 만나 담배를 빌려 피우는 게 도비를 산책시키는 것과 마찬가지로 하루의 중요한 일과가 됐다.

에이왑은 신고 정신이 투철한 남자였다. 미소를 주거침입으로 신고하라고 하기 전에는 현수를 사기 혐의로 고소하라고 했다. 정기는 현수를 의심하지 않으려고 했고, 간혹 의심이 치밀어오를 때는 그런 자신이 도비에게 부끄럽기까지 했다. 현수를 잃는다는 건 모든 것을 잃는 것이나 다름없는 일이기 때문에 차라리 돈을 떼어먹은 게 사실이라도 좋으니 어서 연락이 닿았으면 하는 마음뿐이었다. 에이왑은 사기로 고소하는 게 싫으면 실종신고라도 하는 게 어떠냐고 말했다. 정기는 현수의 실종신고를 하기 위해 이미 경찰서에 다녀온 일이 있었다. 하지만 직계가족이 아니면 실종신고가 불가능하다는 경찰관의 안내를 받고 소득 없이 집에 돌아왔다.

에이왑은 역시 사기죄로 고소를 하는 게 좋을 것 같다고 말했다. 그렇게 하면 적어도 경찰이 현수의 행적을 찾아보기라도 할 것이고, 그렇게 현수를 찾아낸 뒤 고소를 취하하면 실종신고를 통해 현수를 찾는 것과 다를 게 없을 거라는 이유였다. 그래서 정기는 현수를 고소했다.

에이왑은 래퍼인 동시에 미술을 전공한, 본인의 이야기에 따르면 제법 유망한 아티스트였다. 랩을 하는 건 일종의 취미생활이자 자신의 이름값을 높이기 위한 보조적인 수단이라고 했다. 에이왑은 공연을 하지 않을 때는 '루왑'이라는 이름의 화폐를 만드는 작업을 하고 있었다. 중앙은행이 발행하는 원화에 대항해 루왑을 안정적인 대안 화폐로 자리매김시킨 뒤 장기적으로는 중앙의 통제를 받지 않는 자율적인 행정구역을 만들겠다는 목표가 있었다. 그는 루왑을 주제로 몇 번의 개인전을 연 바 있었고, 전시는 그리 대단한 성공을 거두지 못했지만 촉망받는 신세대 아티스트로 몇몇 잡지에 소개되기도 했다. 그는 얼마 전 지역문화재단에서 수여하는 활동 지원금 천만원을 받았다. 반체제적인 대안 화폐를 발행하는 래퍼이자 아티스트인 에이왑은 지원 서류에 정장을 입고 머리를 빗어 올린 증명사진을 붙였다. 루왑의 한가운데를 차지한 것은 헐크의 초상화였다.

도비는 변비로 고생했다. 정기에게 도비와의 산책은 커다란 개의 똥구멍을 지켜보며 공원을 백 바퀴쯤 돌아다니는 일이었다. 도비는 풀밭에서 코를 킁킁거리며 뱃속에 든 똥을 항문 바깥으로 밀어내기 위해 안간힘을 썼다. 한껏 부풀어오른 똥구멍을 바닥으로 향하며 자세를 잡다가, 언제 그랬냐는 듯 낑낑거리며 다시 풀밭을 돌아다녔다. 똥이 나올 때까지 짧게는 삼십 분에서 길게는 한 시간까지 걸렸다. 정기는 자신의 인생이 도베르만의 똥구멍을 쳐다보다가 아무것도 이루지 못한 채 끝나버릴 것 같다고 생각하며 비애에 젖어들었고, 간신히 도비의 몸을 빠져나온 똥덩어리를 비닐봉지에 담을 때 역시 비슷한 기분을 느꼈다.

햇볕이 따갑게 내리쬐던 어느 날 정기는 쭈그려앉아 도비의 똥을 비닐봉지에 담고 일어나다가 심한 어지럼증을 느꼈다. 심장이 갑자기 빠르게 뛰었고 숨을 잘 쉴 수가 없었다. 쓰러질 듯 비틀거리며 간신히 닿은 벤치에 널브러져 숨을 골라보았지만 눈앞이 캄캄하고 가슴이 답답한 증상은 가시지 않았다. 때마침 헐크를 데리고 나온 에이왑이 아니었다면 집에 돌아가지도 못했을 것이다.

저녁이 되자 도비가 낑낑대며 침대에 누워 있는 정기의 손을 핥았다. 뱃속에 똥이 가득찼는지 애처로운 눈빛으로 정기를 바라봤다. 정기는 처음으로 간절하게 미소의 이름을 불렀다. 미소가 방문을 빼꼼히 열고 고개를 들이밀었다. 스티브 부세미가 악당 역할을 맡았을 때 흔히 지어 보이곤 하는 야비한 표정을 짓고 있었다. 미소는 정기가 사다놓은 쌀로 밥을 해 먹었고, 정기가 조려놓은 메추리알 장조림을 꺼내 먹었다. 정기가 냉동실에 얼려둔 피자를 전자레인지에 돌려 먹기도 했다. 하지만 정기에게 방값을 줄 생각을 하지는 않는 것 같았고, 도비의 산책에도 관심이 없었다. 정기는 미소에게 도비의 산책을 부탁했다. 미소는 정기의 말을 이해하지 못한 것처럼 고개를 갸웃하더니 방문을 닫고 나갔다. 정기는 침대에서 내려와 미소의 방으로 기어갔다. 두 손을 땅에 짚고 기어가는 정기의 옆에서 도비가 친구를 만난 것처럼 팔짝팔짝 뛰었다. 정기는 굳게 닫힌 방문 너머로 미소에게 말을 걸었다.

—도비 좀 부탁해. 저러다 똥독 올라서 병나겠어.

—배변 패드를 깔아놔. 왜 매번 똥을 밖에 나가서 싸야 되는데. 처음부터 버릇을 잘 들였어야지. 현수랑 키울 때는 집에서 쌌단 말이야.

—그때는 어렸으니까 그랬겠지. 지금은 집에서 쌀 생각을 안 해. 이미 버릇이 들었잖아. 귀엽다고 데려와서 키우기 시작했으면 끝까지 책임을 져야지. 현수가 오면 네가 도비한테 어떻게 했는지 다 말할 거야.

—꺼져. 개똥은 너나 치워.

미소는 방문을 열어젖히고 나오더니 가방을 메고 집밖으로 나가버렸다. 정기는 냉장고로 기어가 물 한 모금을 마시고 심호흡을 하며 두 발로 일어섰다. 한참 기어다닌 탓에 얼얼해진 무릎이 빨갛게 달아올라 있었다. 선반에서 목줄을 꺼내자 도비가 두 발로 일어서서 정기를 껴안듯 달려들었다. 정기는 도비의 개목걸이에 목줄을 채우고 집을 나서다가 다리에 힘이 풀려 자리에 주저앉았다. 바지가 뜨끈해지고 지독한 냄새가 스멀스멀 다리 사이에서 피어올랐다. 제자리를 돌며 킁킁대던 도비가 목을 치켜들고 하울링을 했다. 동네의 똥 마려운 개들을 모두 불러들이기라도 할 것처럼 쉬지 않고 목청을 높였다. 그 소리에 놀란 집주인이 정기의 집에 내려왔다가 똥을 깔고 앉은 정기를 보고 뒷걸음질쳤다. 정기는 핸드폰의 주소록을 열어 언젠가 저장해두었던 에이왑의 전화번호를 눌렀다. 공연하러 가고 있다던 에이왑은 정기의 전화를 받고 한달음에 달려왔다. 정기가 밑을 씻을 수 있도록 화장실까지 부축해줬고, 도비를 데리고 나가 한 시간 뒤에 돌아왔다.

—너희 집에 있다는 그 여자는?

—나가버렸어.

—이대로 안 들어왔으면 좋겠네. 도대체 무슨 낯짝으로 이 집에 있는 거야.

—현수의 누나라잖아.

—그게 뭐 어쨌다고? 사람이 이렇게 아픈데 개도 버리고 사람도 버리고 나가버리는 게 인간이야? 안 되겠어. 내가 만나서 담판을 지어야겠다. 말로 해서 안 되면 한 오만 루왑 정도 줘서 내보내기라도 해야지. 이건 정말 말도 안 되는 일이야.

—오만 루왑이면 원화로 어느 정도야?

—못해도 오백만원은 될걸. 가격이 계속 변해서 정확히는 모르겠어.

그날 밤 정기는 엉덩이를 시원하게 까고 침대에 엎드려 누웠다. 똥을 깔고 앉았던 자리에 뾰루지가 돋아 반듯한 자세로 누워 있기가 힘들었다. 미소는 밤이 깊도록 집에 돌아오지 않았다. 비어 있는 미소의 방을 킁킁대며 돌아다니던 도비가 정기에게 돌아와 침대 밑에 똬리를 틀었다. 정기는 고개를 돌려 세로로 난 벽지 이음

매를 가만히 바라봤다. 어디서부터 잘못된 걸까. 무엇이 문제였을까. 언제쯤 행복해질 수 있을까. 행복이란 단어가 입에 맴돌자 벌레가 등을 기어다니는 것처럼 기분이 나빠졌다. 끈질기게 정기를 괴롭혔던 중학교 시절의 같은 반 친구들 이름을 하나씩 떠올렸다. 김지호. 김경수. 박장원. 최대식. 오장환. 마일구. 민혜원. 민소원. (혜원과 소원은 쌍둥이 자매였다.) 반미영. 정기는 그들에게 잘못한 일이 없었고, 그들 역시 정기에게 화낼 이유가 없었다. 누구라도 괴롭힐 사람이 필요했을 뿐이라고 정기는 생각했다. 그건 현대사회의 고질적인 현상이었다. 갈 곳을 잃고 맴돌다가 아무데서나 분출되는 공격성과 분노. 정기는 우연히 아이들의 분노가 지나가는 자리에 서 있다가 똥을 뒤집어쓴 운 나쁜 사람이었다. 정말로 중요한 문제는

현대.

현대인들.

현대사회.

정기는 침대 옆 서랍을 열어 게르마늄 목걸이를 꺼내 목에 걸었다. 시장조사를 위해 구입한 일본 제품이었다. 게르마늄 팔찌도 꺼내 손목에 찼다. 원석이 박힌 체인의 이음매를 염주 돌리듯 손가락으로 헤아리며 주문을 외웠다. 어디에서 들었는지 모를 단어가 자기들끼리 몸을 뭉치며 입에서 흘러나왔다.

알 칸다 마데 루와노프 브리사 미촉 미촉법.

알 칸다 마데 루와노프 브리사 미촉 미촉법.

알 칸다 마데 루와노프 브리사 미촉 미촉법.

미촉법이란 말이 특히 입에 달라붙었다. 미촉법. 미촉법. 노래 부르듯 그 단어만 반복해서 외기도 했다. 새벽녘의 차가운 빛이 정기의 방 창문을 가린 블라인드 밑을 파랗게 부풀렸다. 아무래도 그렇게 밤을 새워버린 것 같았다. 불면증은 각종 스트레스와 불규칙적인 생활습관에서 비롯된 현대인의 고질적인 증상이었다. 정기는 자신이 현대인으로 태어난 것에서 모든 문제가 비롯된 게 아닐까 생각하다가, 자기도 모르는 사이에 잠이 들었다. 눈을 뜬 건 침대에 올라와 낑낑대며 얼굴을 핥아대는 도비 때문이었다. 시계를 보니 어느새 오후 세시가 훌쩍 넘어 있었다. 어느 때보다 정신이 맑았다. 엉덩이를 만져보니 어제 돋아 있던 뾰루지의 흔적이 하나도 느껴지지 않았고, 실제로 만져본 적은 없지만 갓난아기의 엉덩이가 이럴까 싶을 만큼 부드러운 살결에 손바닥이 미끄러져 내렸다. 정기는 다리에 힘을 주고 일어나 침대 위에 섰다. 트램펄린 위에 올라선 아이처럼 팔짝팔짝 뛰어올랐다. 다시 태어난 기분이었다.

도비의 목걸이에 줄을 걸고 힘차게 집을 나섰다. 에이왑이 정기보다 먼저 산책을 나와 있었다. 에이왑과 헐크는 배드민턴 치는 노부부 옆에서 '앉아'와 '기다려'를 반복해서 훈련하는 중이었다. 헐크는 에이왑이 앉아, 라고 말하면 고깝다는 듯 고개를 돌렸다.

기다려, 라고 하면 달려들어 에이왑의 신발 끈을 물었다. 도비가 낑낑대며 정기를 풀숲으로 끌고 갔다. 한참을 킁킁대다가 자세를 잡고, 그러다가 다시 허리를 들어 주변을 킁킁대기를 반복했다. 똥이 나오지 않아 짜증이 나는지 갑자기 몸통을 흔들며 푸드덕 소리를 내기도 했다. 에이왑이 담배를 물고 정기에게 다가왔다.

—멀쩡해 보이는데?

—멀쩡한 것 이상이야. 평생 느껴본 적 없는 에너지가 내 몸에 흐르고 있다고.

—똥을 지리더니 혈자리라도 뚫린 건가?

—아니. 바로 이것 덕분이지.

정기는 에이왑에게 게르마늄 목걸이를 건 목을 들이밀었다. 에이왑은 지나치게 가까이 붙은 정기가 부담스러운 듯 몸을 뺐지만, 이내 정기의 목걸이를 유심히 들여다봤다.

—이 촌스러운 목걸이는 뭐야. 아저씨들이 사우나에 차고 들어오는 목걸이 같잖아.

—게르마늄.

—이게?

—그래. 게르마늄!

정기의 외침과 동시에 도비의 항문에서 굵은 똥 한 덩어리가 떨어졌다. 게르마늄이라는 단어가 쾌변을 유도하는 신호라도 되는 것 같았다. 정기는 신나서 게르마늄! 게르마늄! 게르마늄! 하며 연달아 목소리를 높였다. 비닐봉지를 장갑처럼 손에 씌우고 도비의 똥을 줍는 동안에도 정기의 얼굴에서는 웃음이 떠나지 않았다. 정기와 에이왑은 공원 벤치에 나란히 앉았다. 매일 두 번씩 마주치고도 친해질 기미를 전혀 보이지 않는 도비와 헐크는 줄을 잡고 있는 주인들 때문에 어쩔 수 없다는 듯 등을 돌리고 벤치 옆에 엎드렸다.

정기는 에이왑에게 게르마늄의 놀라운 효능에 대해 말하기 시작했다. 유기 게르마늄을 투여한 암환자를 방사선 치료하면 암세포만 죽고 정상세포는 죽지 않아 치료 효과가 뛰어나다. 게르마늄을 첨가한 영양배지에서 수경재배한 산삼은 짧은 기간에 수십 년 묵은 산삼과 비슷한 양의 사포닌을 생성한다. 유기 게르마늄이 들어 있는 용출수를 장복하면 치매가 예방된다. 정기의 이야기를 끝까지 들은 에이왑은 냉소적인 표정으로 고개를 가로저었다.

—그렇게 효과가 뛰어나면 지금쯤 의사들이 백수가 돼 있어야겠지.

—얼마 전에 기사가 나오기도 했잖아. 읽어본 적 없어? 개업의의 이십 퍼센트가 삼 년 안에 폐업한대.

—그게 게르마늄 때문이라고 생각하는 거야?

—모를 일이지.

에이왑은 한참 말없이 앉아 있다가 주머니에서 간식을 꺼내 헐크에게 먹였다. 도비가 불쌍한 표정으로 옆에서 입맛을 다셨다.

에이왑은 간식 하나를 더 꺼내 도비에게 줬다.

—믿을 수 없는 것을 믿고 싶은 마음이구나.

—나는 정말로 믿고 있어. 현대인에게는 게르마늄이 필요해.

—그건 동감이야. 현대인들에게는 뭔가가 필요해. 지금은 없는 것이 많이 있어야 해.

두 사람은 날이 저물도록 현대인에 대해 이야기를 나누었다. 어린이집 가방을 멘 한 무리의 꼬마들이 그네와 시소를 번갈아 타다가 집에 갔다. 손바닥만한 토이 푸들 다섯 마리를 앞세우고 온 여자가 도비를 보고 깜짝 놀라 공원 밖으로 빠져나갔다. 공공근로에 참여한 노인들이 형광 조끼를 걸치고 풀밭을 왔다갔다했다.

에이왑은 현대인들에게 필요한 건 게르마늄이 아니라 위로라고 했다. 위로. 정기에겐 그 단어가 게르마늄과 형제처럼 느껴졌다.

집에 갈 채비를 하던 두 사람 앞에 머리가 짧은 남자 두 명이 다가왔다. 정장 바지에 운동화를 신고 골프 셔츠를 입고 있었다. 주머니에서 경찰 신분증을 꺼내며 자신들이 광역수사대에서 왔다고 소개했다. 정기는 순간적으로 현수의 얼굴을 떠올렸다. 여러 모습을 한 현수가 머릿속을 스쳐갔다. 산에서 백골로 발견된 현수. 저수지에서 등을 하늘로 향한 채 떠오른 현수. 얻어맞은 듯 부어 있는 얼굴로 수갑을 찬 현수. 술에 취해 비틀거리며 경찰서 문을 여는 현수. 게르마늄 광산에서 땀을 흘리며 원석을 지게로 나르는 현수도 물론 있었다. 경찰의 입에서 나온 건 현수의 이름이 아니었다.

—박춘배씨, 갑시다. 당신을 마약류 관리법 위반 혐의로 긴급체포합니다. 영장은 여기 있으니 확인하시고, 강아지는 친구분께 맡기는 게 좋겠습니다.

허리춤에서 수갑을 꺼낸 형사 아저씨가 피의자의 기본적인 권리들을 읊어줬다. 에이왑은 변호사를 선임할 수 있고, 진술을 거부할 수 있고(에이왑은 언제나 물어본 것보다 많은 대답을 하는데 그럴 수 있을까?), 모든 진술은 법정에서 불리하게 작용할 수 있었다. 말을 아주 조심하라는 이야기였다. 에이왑이 그럴 수 있을까? 반체제적인 래퍼인데요? 그는 모든 것을 받아들이겠다는 태도로 고개를 떨구었다. 정기에게 사정하듯 두 손으로 헐크의 목줄을 건넸다.

—부탁해.

—그래. 걱정하지 마.

나중에 알게 된 사실이지만, 에이왑(본명 박춘배, 28)은 자취방 붙박이장에 설비를 마련해놓고 대마초를 재배했다. 말리고 가공해서 본인이 직접 피운 것은 물론이고 자신이 공연하러 다니는 클럽에서 판매도 했다. 그는 현대인에게 필요한 위로를 손수 만들어내기로 했던 것이다. 랩으로는 충분치 않아서 생화학의 힘을 빌렸다. 보증금 오백에 월세 오십이었던 그의 반지하방에서는 대마초 재배를 위해 설치한 조명 때문에 월세보다 많은 전기요금이 나왔고, 경찰의 단속에 걸린 것도 그 때문이었다. 그의 거래 원칙은 카드 사절도, 외상 불가도 아닌 '루왑 외 거래 불가'였다. 덕분에 에이왑이 가는 곳마다 루왑은 현금처럼 거래되면서 현금 이상의 가치를 지닌 실질적인 화폐로 자리매김했다. 검찰은 박춘배가 루왑을 발행하고 유통한 것에 대해 인지세법 위반 혐의를 추가해 기소했다. 루왑에 대한 보도가 나간 뒤 수집가들 사이에서는 루왑을 구하기 위한 치열한 각축전이 벌어졌다. 광목 30수 순면으로 제작된 루왑은 오염에 약했고 고온다습한 환경에서 쉽게 변색됐지만 얼마 되지 않던 에이왑의 이름값과 새로운 국가를 만들어보려던 대의가 적절하게 버무려지며 일종의 예술작품으로 평가받았다. 구속 상태로 재판을 받은 에이왑은 징역 이 년에 집행유예 삼 년을 선고받았고, 석방된 후 도미해 캘리포니아의 합법적인 대마초 농장에 무급으로 취직했다. 대위로 전역한 전직 해병대 출신 농장주는 춘배와 함께 다양한 품종을 개량해 솜사탕 맛이 나는 대마초라든가 닭고기 수프 맛 대마초 등을 생산해 큰돈을 벌었다. 춘배는 사장에게서 독립해 자기만의 농장을 만들어 삼양라면 수프의 깊고 진한 맛을 그대로 느낄 수 있는 대마초를 개발했는데, 이게 한인사회에서 큰 히트를 쳤다. 춘배는 농장의 규모를 넓히고 누구나 일한 만큼의 대가와 숙식을 제공받을 수 있는 자급적인 생활공

동체를 만들어 '에이왑 랜드'라는 이름을 붙였다.

이건 전부 나중의 일이고, 구속돼 있는 동안 춘배는 헐크에게 몇 통의 편지를 보내왔다. 정기는 편지를 받는 족족 헐크를 앉혀 놓고 한 자 한 자 정성스레 읽어줬다. 자신을 버리고 간 주인의 사정을 아는지 모르는지, 헐크는 새초롬하게 엉덩이를 돌리고 아무런 대답을 들려주지 않았다.

미소는 그뒤로도 집에 돌아오지 않았다. 차라리 잘됐다 싶어 마음을 놓고 있었는데, 그녀의 소식이 궁금해질 수밖에 없는 일이 벌어졌다. 집을 왜 비우지 않냐며 집주인이 정기를 찾아온 것이었다. 허락도 없이 집에 들어온 집주인은 도비의 크기에 우선 놀랐고, 앙칼지게 짖는 헐크의 적의에 또 한번 놀랐다.

—자네는 달력도 안 보나. 날짜가 됐지 않나.

—무슨 날짜요.

—내일이면 새로운 세입자가 들어와야 하는데.

—아저씨, 아직 계약 일 년도 더 남았는데요.

—무슨 소리. 자네 애인이 집을 내놓아서 새로운 세입자가 들어오기로 했는데. 계약서 쓰고서 보증금도 받아가지 않았나.

—그런 적 없어요.

—여기 이렇게 서명도 했는데. 자네 도장도 찍혀 있고.

—그 여자 제 애인 아니에요.

—같은 집에 살면서 도장까지 내주면 애인이 아니고 뭔가.

—저는 도장 내준 적 없어요.

—안타깝게 됐구먼.

—저 못 나가요.

—유효한 계약서야. 보증금은 고소해서 찾도록 하게. 집을 안 비우면 고소하겠네.

—스티브 부세미는 죽는다.

—자네 지금 뭐라고 했나?

—내가 본 영화에서 스티브 부세미는 항상 죽었다. 〈파고〉에서도 그랬다.

—무슨 소리를 하는 건지. 자네 그러고 보니…… 요즘 장은 괜찮나?

정기는 짐을 챙겨 집을 나왔다. 가진 것은 옷 몇 벌과 게르마늄 제품이 전부였다. 그는 근처 공원에서 열린 플리 마켓에 자리를 펴고 가지고 있던 게르마늄 목걸이를 펼쳐놓았다. 개 두 마리와 함께 있으니 관심을 갖고 정기 앞에 오는 사람들이 몇 있었지만, 대부분 개를 만지다가 그냥 갔다. 목걸이를 권하자 '디자인이 구리다'며 손사래를 쳤다. 근처 대중탕에 목욕 갔다 집에 가던 할머니 한 명이 순도 구십구 퍼센트 게르마늄이 박힌 일제 목걸이라는 것을 알아봤다. 할머니는 구입할 당시 가격의 절반도 안 되는 값을 제시

했다. 당장에 밥 한 그릇 사 먹을 돈도 없었던 정기는 할머니가 원하는 가격에 물건을 넘길 수밖에 없었다. 그녀는 정기의 딱한 사정을 듣더니 동쪽으로 이십 킬로미터 정도를 가면 마음씨 좋은 목사님이 운영하는 교회가 있는데, 거기서 숙식을 제공받을 수 있고 개들이 뛰어놀기 좋은 마당도 있다는 이야기를 들려줬다. 정기는 한나절을 걸어 할머니가 이야기한 곳에 갔다. 그곳에 교회는 없었고 전부 거짓말이었다.

정기는 낯선 동네에서 가장 먼저 눈에 띈 공원으로 갔다. 도비와 헐크의 목줄을 나무에 묶었다. 차고 있던 목걸이를 도비에게 매어줬다. 팔찌는 헐크의 목에 꼭 맞았다. 개와 강아지의 목을 끌어안고 정기는 낮은 목소리로 중얼거렸다.

알 칸다 마데 루와노프 브리사 미촉 미촉법.

알 칸다 마데 루와노프 브리사 미촉 미촉법.

알 칸다 마데 루와노프 브리사 미촉 미촉법.

뒤돌아서 공원을 빠져나왔다. 그때 정기는 먼 곳에서 산이 무너져내리는 소리를 들었다. 산맥이 통째로 바다에 가라앉으며 돌 긁는 소리를 내는 것처럼 크고 무서운 소리였다. 더이상 도비의 똥구멍을 보고 있지 않아도 된다는 것이 조금 안심되면서도 많이 죄스러웠다.

모든 것을 잃은 정기가 찾아갈 사람은 편의점 사장뿐이었다. 야간 물류 검수를 마친 사장이 가게 앞 파라솔 밑에 앉아 아이코스를 피우고 있었다. 정기는 사장 앞에 가서 무릎을 꿇었다. 사장은 긴 한숨을 내쉬더니 자리에서 일어나 정기의 어깨를 감싸안았다. 정기는 삼 년 동안 일했던 편의점에서 다시 평일 야간 근무를 맡게 됐다. 때때로 결근이 발생할 때 빈자리를 메꾸는 땜빵도 모두 정기가 도맡아 했다. 사장은 정기의 임금을 최저시급으로 맞춰주었고(주휴수당은 주지 않았다) 4대 보험에도 들어줬다. 근무한 지 백 일째 되던 날 사장에게 도비와 헐크 이야기를 했더니 사장이 크게 화를 내며 정기를 탓했다. 정기는 야간 근무를 하는 대신 자신이 개와 강아지를 버린 공원으로 갔다. 날은 이미 어두워져 가로등이 켜져 있었고, 관리가 잘 되지 않은 공원의 풀은 전에 왔을 때보다 훨씬 웃자라 있었다. 게르마늄 팔찌를 목에 걸고 있는 미니 핀셔와 함께 있는 사람을 만났다. 그의 목에는 게르마늄 목걸이가 걸려 있었다.

—도비?

—아니, 이젠 도비가 아니야. 그건 도베르만이었을 때의 이름이지.

—헐크는 왜? 어째서 여전히 개인 거지?

—글쎄. 믿음의 차이랄까.

정기는 도비에게 현수의 이름을 붙여주었다.

정기와 현수는 함께 살게 됐다. 편의점 주인에게 돈을 빌려 일대에서 귀한 반전세 방을 구했다. 반려견 들이는 걸 꺼리는 집주인이 많아 헐크가 있는 건 비밀로 했다. 헐크가 예전 도비와 달리 실내에서 패드에 용변 보는 걸 편하게 생각해서 다행이었다. 하지만 택배가 올 때마다 심하게 짖어대는 탓에 얼마 가지 않아 강아지를 키우는 걸 들키고 말았다. 책망을 들을 줄 알았는데 주인아주머니는 〈TV 동물농장〉과 〈세상에 나쁜 개는 없다〉를 챙겨 보는 애견인이었다. 주인집은 늙어서 눈이 잘 보이지 않는 퍼그를 기르고 있었다. 통 짖지도 않고 산책 나가는 것도 싫어해서 정기와 현수는 주인집이 개를 기르는 줄도 몰랐다. 축 처진 얼굴과 입을 벌릴 때 드러나는 삭막한 치열이 스티브 부세미를 떠올리게 했다.

무인 편의점이 대세가 되면서 정기의 일자리가 위태로워졌다. 마침 편의점 다섯 개를 운영하던 사장이 그중 세 개를 정리해 식당을 열었다. 정기는 편의점 야간 알바 자리를 잃은 대신 새벽 네 시에 일어나 사장과 함께 가락시장을 돌며 식재료를 떼왔다. 청과물 가게 사장들은 밝고 싹싹한 정기를 좋아했다. 물건 고르는 눈을 인정받은 정기는 사장 없이 혼자 시장에 다녔다. 계란집 젊은 주인이 정기에게 담배를 권하기도 했다. 얼마 전에 금연했다며 거절했더니 담배가 아니라고 했다. 솜사탕 맛이 나는 대마초라며, 어렵게 구한 거니까 한 모금만 피워보는 게 어떠냐고 속삭였다. 정기는 현수를 위해서라도 건실하게 살고 싶었고, 위험을 감수하고 싶지 않았다. 현수는 정기가 식당 일을 하는 동안 노량진 고시촌에서 경찰공무원 공채 시험을 준비하고 있었다.

주인집이 기르던 스티브 부세미를 닮은 퍼그가 죽었다. 정기와 현수는 주인집에서 조촐하게 치러진 장례식에 참석했다. 헐크는 임신중이라 데려오지 않았다. 정기는 퍼그의 이름이 적힌 위패를 보았는데 그 이름은 곧 잊어버렸다. 얼마 뒤 헐크가 새끼 세 마리를 낳아서 각각 풍백, 우사, 운사라는 이름을 붙여줬다. 예방접종을 3차까지 맞힌 뒤 주인집 아주머니가 우사를 입양해갔다. 아주머니는 환하게 웃으며 우사를 품에 안았고 정기와 현수가 그 집을 떠날 때까지 매달 관리비 삼만원을 받지 않았다. 우사는 우사인 볼트처럼 빨리 달리는 건강한 믹스견이었다.

현수는 이 년 만에 시험에 합격해 송파경찰서 관할의 한 파출소로 발령받았다. 공무원이라 전세자금 대출이 쉬웠다. 편의점 사장에게 빌렸던 돈을 갚았다. 주휴수당과 최저임금 미지급으로 받아낸 삼천만원 중 일부를 얹어주려고 했지만 거절당했다. 그는 삼천만원이 아까워서 그런 게 아니었다고, 믿음을 배신당해서 화가 났던 거라고 말했다. 거짓말이었다. 그는 그냥 삼천만원이 아까워서 그랬던 거다. 그래도 사장은 그렇게 말하면서 기분이 좋았다. 월요일 아침마다 저주의 문자를 보내던 시절의 분노는 이미 오래전의 일이었다.

정기는 가락시장에서 계란 도매업을 하게 됐다. 솜사탕 맛 나는 대마초를 피우던 가게 주인이 마약류 관리법 위반 혐의로 구속된 탓에 헐값에 가게를 인수할 수 있었다.

현수는 수 건의 절도 수사에서 범인 검거에 결정적인 공을 세우며 특진했다.

정기는 아직도 게르마늄 목걸이를 찰 때마다 현수를 생각한다.

현수와 헐크, 헐크의 자녀들도 게르마늄 목걸이를 차고 있다.

정기는 현수가 당직근무를 서는 날마다 계란 한 판을 삶아서 파출소에 찾아간다.

둘은 순찰차에서 계란을 까먹는다.

정기가 조그맣게 말한다.

—알 칸다 마데 루와노프 브리사 미촉 미촉법.

—그게 뭐야?

—그런 게 있어. 이상하게 기분이 좋아지는 말이야. 알 칸다 마데 루와노프 브리사 미촉 미촉법.

—알단테 마데 루차…… 키노? 미촉법?

—알 칸다 마데.

—알 칸다 마데.

—루와노프 브리사.

—루와노프 브리사.

—미촉 미촉법.

—미촉 미촉법.

—알 칸다 마데 루와노프 브리사 미촉 미촉법.
—알 칸다 마데 루와노프 브리사 미촉 미촉법.

그리고 미소는 누구의 누나도 아니었다.

우리가
당신을
찾아갈
것이다

크리스 아저씨는 나의 좋은 친구였다. 아저씨는 내가 처음 이메일 주소 만드는 것을 도와줬고, 완벽한 좌우대칭으로 운동화 끈을 묶는 법도 알려줬다. 밭에서 반드시 솎아내야 하는 잡초와 그냥 둬도 상관없는 풀을 구분할 수 있게 된 것도 크리스 아저씨 덕분이었다. 크리스 아저씨가 아니었다면 나는 지금쯤 혼자서 할 수 있는 것이 아무것도 없는 멍청한 인간으로 자랐을 것이다. 학교에 다니지 않았던데다가 어지간해서는 포천 밖으로 나가는 것도 싫어했기 때문이다. 우리 가족이 탄 차를 덤프트럭이 들이받은 게 일곱 살 때였다. 창문 밖으로 튕겨나가는 순간 내가 본 건 엄마 아빠의 찡그린 얼굴이었고, 병원에서 깨어났을 때는 아홉 살이 돼 있었다. 엄마 아빠는 죽고 나밖에 없었다. 그래서인지 나는 세상

일에 심드렁한 아이가 돼버렸다. 이미 본 성경책을 다시 들여다보는 재키 할머니의 신실함이 실없게 생각될 정도였다. 내게는 크리스 아저씨면 충분했다. 그는 내게 교과서이자 신문이었으며 잡지였고 보름마다 한 번씩 오는 (살 만한 물건이 하나도 없는) 통신판매 카탈로그와도 같았다.

아저씨의 임종을 지킨 것도 나다. 그에게는 가족이 없었다. 내게 있어 유일한 가족인 재키 할머니는 평일과 주일을 가리지 않고 포천주예수제일교회에 머물렀다. 그러니 아저씨와 내가 붙어 지냈던 건 이상할 일도 아니다. 아저씨는 담배를 입에 물고 살았고, 폐암 판정을 받은 뒤로는 강아지 데리고 다니듯 호흡 보조 장치를 끌고 다녔는데, 그러면서도 담배를 손에서 놓지 않았다. 산소통이 무거워서 천국에 가기 힘들 것 같다는 농담이 아저씨의 꾸준한 레퍼토리였다. 내게는 그 말이 농담처럼 들리지 않았다. 교회에 안 다녔으니 천국에 못 가는 건 당연한 게 아닌가? 크리스 아저씨는 천국에 가지 못할까봐 진심으로 전전긍긍하는 것 같았다. 재키 할머니의 유별스러운 신앙생활이 마음에 들지 않았던 탓에 천국에 대해 내가 갖고 있던 이미지는 별로 좋지 않았다. 솔직히 말하면 그까짓 것 내가 먼저 거절해버리겠다는 생각이었다.

몸 상태가 급속도로 안 좋아진 후부터 아저씨는 나와 마찬가지로 천국에 대해 회의론자로 변해버렸다. 이렇게 고통을 주는 신이라면 만나자마자 턱주가리에 훅을 꽂아버릴 것 같다는 이유였다.

맞는 말이었다. 운좋게 천국에 간다고 해도 신에게 주먹질을 하면 지옥에 떨어질 수밖에 없었다. 게다가 크리스 아저씨에게는 고소공포증이 있었다. 천국에서 지옥으로 직강하하는 공포를 겪느니 애초부터 지옥에 내려가 뜨끈하게 등을 지지는 편이 나을 거라는 게 아저씨의 결론이었다. 그의 입에서 천국이나 지옥 같은 단어가 나오는 빈도가 잦아질수록 고통이 심해지고 있다는 걸 가늠할 수 있었다.

마지막 순간까지 아저씨는 내 손을 잡고 있었다. 그는 고장난 에어컨 실외기처럼 덜덜거리는 숨을 가쁘게 몰아쉬었다. 자기 딴에는 손에 힘을 주느라고 땀까지 흘렸는데 내게는 그 희미한 악력마저 거의 전달되지 않았다. 나는 슬프다기보다 막막한 감정에 사로잡혔다. 신문도, 잡지도, 카탈로그도 끊겨버리는 것이다. 어쩌면 내가 몸을 부딪칠 덤프트럭 한 대가 필요할지도 모른다고 생각했다.

"해수야."

"응, 아저씨."

"무서워."

"걱정하지 마. 천국 같은 데는 안 가도 될 거야. 문 앞에 지옥행 고속버스가 벌써 도착해 있는 것 같은데?"

"소원이 있다."

"뭔데."

"사람들이 나를 트럼펫 연주자로 기억해줬으면 좋겠어."

"하지만 아저씨, 그런 건……"

아저씨의 가슴이 천천히 가라앉았다. 마지막 숨은 풍선에서 바람을 뺄 때 나는 소리와 비슷했다. 재키 할머니에게 전화를 걸었고, 교회에서 목사님이 오셨다. 목사님은 천천히 굳어가는 아저씨의 손을 잡고 앞뒤로 머리통을 흔들며 격렬한 추모의 기도를 올렸다. 어차피 아저씨는 듣지도 못할 텐데. 크리스 아저씨의 집에 한 번 드나든 적도 없는 교회 사람 몇이 옷소매로 눈물을 찍어냈다. 진심으로 아저씨를 애도한다기보다는 목사님의 성실함에 감동한 것 같았다. 저러다가 크리스 아저씨가 착오로 천국에 가버리는 건 아닐지 하는 걱정마저 들었다.

시립 화장장 구내식당은 고속도로 휴게소와 비슷한 분위기였다. 재키 할머니는 떡국을 시켰다. 그녀는 늘 쓰고 다니는 머릿수건을 후추통 옆에 가지런히 접어놓았다. 차분히 가라앉은 할머니의 짧은 머리는 중학생처럼 단정했다. 알록달록한 천조각을 이어 붙인 재키 할머니의 머릿수건을 동네 사람들 누구나 한 번쯤은 탐냈다. 여름에는 땀이 차지 않도록 적당히 통풍이 됐고, 겨울에는 답답하지 않을 만큼만 바람을 막아줬다. 일 년 내내 쓸 수 있는 완벽한 물건이었다. 할머니가 그걸로 눈물을 닦아줄 때면 머릿기름 냄새가 나서 좋았다. 나는 식어빠진 육개장을 뒤적거리다가 숟가락을 내려놓고 재키 할머니의 식사를 지켜보았다. 떡국이라니. 그건 가을에 죽은 사람이 몇 달을 기다려서 설날에나 맛봐야 할 음식이었다. 크리스 아저씨를 위해 차례상을 차려줄 사람은 없겠지만. 나는 그때 남보다 조금 일찍 유언장에 쓸 첫 문장을 정했다.

'친구들아, 육개장 한 그릇 하고 가.'

그렇게까지 했는데 떡국을 먹지는 않겠지. 하지만 나한테는 이제 친구가 없잖아. 내가 죽을 때 누가 옆에 있어줄까? 마지막 이야기를 들어줄 사람이 적어도 한 명은 있을까? 아저씨는 언제부터 트럼펫을 연주했던 거지?

"뭔 말 같지도 않은 소리래. 그치가 뭔 트럼펫이여. 육개장 먹다 체했다니."

"나팔은요?"

"니가 먹는 건 국밥이여 고깃국이여? 나팔 같은 소리 하고 앉았네. 니는 마일스 데이비스도 모르냐?"

"데이비스? 오락실 사장님이 데이비스였나."

"할 짓 없으면 소리바다 가서 음악이라도 다운받아 들어라 자슥아. 할미는 소싯적에 부에나비스타 소샬 클럽 엘피판이 녹아 흐를 적까지 들어불었는디."

"소리바다가 뭔데요?"

"깝깝한 소리 하고 앉았네. 할미 때는 소리바다가 유튜브였어. 핸드폰에 멜론이라도 깔든가. 젊은 놈이 쌩쌩한 귀 뒀다 뭐한다냐."

"그래서 크리스 아저씨는 트럼펫을 연주한 적이 없다고요?"

"그치가 뒤질 때까지 불었던 건 담뱃대하고 산소호흡기 마스크밖에 없지. 크리스 그 썩을 인간이 트럼펫은 니미럴. 쳇 베이커 꽹과리 치는 소리 하고 자빠졌네."

나는 크리스 아저씨의 마지막 말을 들은 유일한 사람이었다. 일방적으로 책임을 떠맡은 기분이었다. 혈육도 아니고, 나이도 한참 어린 동네 친구인 나에게 허락도 없이 유언을 남긴 아저씨는 정말이지 죽어서까지 사람을 귀찮게 만드는 개새끼였다. 아저씨는 살아생전 구구절절한 유언장 같은 걸 남길 생각이 없다며, 그게 무슨 호기로운 언사라도 되는 것처럼 거들먹거렸다. 이 집이며 자신이 가진 모든 걸 나한테 주겠다고 약속했을 때는 조금 멋져 보이기도 했지만, 거짓말이었다. 일을 그만둔 지 한참 된 아저씨는 유일한 재산인 집을 역모기지론의 담보로 걸어 생활하고 있었다. 집은 물론 가구며 쓸데없는 잡동사니까지 전부 은행이 가져갈 거라는 걸 재키 할머니가 알려줬다.

오동나무 상자에 담긴 크리스 아저씨를 품에 안고 버스에 올랐다. 핸드폰을 꺼내 트럼펫과 색소폰이 어떻게 다른지 검색하다가 눈앞이 흐려졌다. 나는 내가 울고 있는 줄도 몰랐다. 처음에는 눈이 시린 정도였는데, 뱃속에서 뜨거운 게 올라오더니 목구멍에 걸려 돌처럼 딱딱하게 굳어버렸다. 흐느낌이 새어나왔다. 다물어도 입이 자꾸 벌어져서, 만화에서 보던 것처럼 주먹으로 입을 막았다. (우습게도 그건 정말로 효과가 있었다. 흐느끼는 소리가 잦아들었고, 호흡도 차분해졌다.) 화장장에서 출발한 버스라서 조금 덜 부끄러웠다. 앞뒤에 앉은 모르는 사람들이 전염된 것처럼 훌쩍였다. 재키 할머니가 커다란 손바닥으로 내 등을 둥글게 쓸어줬다.

크리스 해밀턴. 누군가의 좋은 아버지도 아니었고, 누구의 다정한 남편도 아니었다. 아무도 아닌 사람. 그냥 집에 있던 사람. 집에서 담배 피우고 테레비 보고 가끔은 운동해야겠다며 스쿼트 비슷한 동작을 따라 하다가 캑캑거리며 산소호흡기를 찾던 사람. 그저 그런 사람. 늙어서 죽었지만 죽기에 충분히 늙진 않았는데, 그렇다고 좀더 살아봤자 세상에 별 도움이 되지도 않았을, 다정한 나의 친구.

나는 그를 훌륭한 트럼펫 연주자로 기억하기로 했다.

*

크리스 해밀턴(62). 지역사회의 성실한 수급자이자 하나은행의 좋은 친구. 낙관주의자를 경멸하고 자기계발서의 애독자를 혐오했던, 나름의 방식으로 세상을 이해한 모험심 넘치는 오답자. 즐겨 피웠던 담배는 그의 인생처럼 가느다란 ESSE 純

1mg이지만 그만큼 길게 살지는 못했다. 떠나는
날까지 담배와 산소호흡기를 양손에 들고 있었다.
나의 유일한 친구이자 선생님이었던 그는 훌륭한
트럼펫 연주자로 모두에게 기억될 것이다. 해수.

저 부고를 써내기 위해 무려 다섯 권이나 되는 책을 읽었다. 고작 일곱 문장을 만들기 위해서 말이다. 최대한의 문장력을 발휘해 아저씨의 마지막 소원을 들어주고 싶었다. 하지만 어떤 신문도 아저씨의 부고 기사를 실어주지 않았다. 중앙지는 애초에 기대도 하지 않았다. 발행부수가 고작해야 오백 부나 될까 싶은 지역 언론사를 찾아갔는데 거기서도 매몰차게 거절당했다. 부고 기사를 싣기에는 크리스 아저씨가 죽은 이후로 시간이 너무 흘러버렸고(책이라곤 들춰본 적도 없는 내가 참고도서를 다섯 권이나 읽어야 했으니까) 크리스 아저씨가 부고 기사를 실을 만큼 유명인사도 아니라는 것이었다. 아저씨가 포천 토박이였다면 얘기가 좀 달랐을지도 모른다. 좁은 동네인 만큼 오랫동안 이곳에 산 사람들은 알게 모르게 연결돼 있었다.

무가 정보지 몇 개를 후보로 놓고 고심한 끝에 '가로수' 포천 지국을 찾아가기로 했다. 정당한 비용을 지불하고 글을 싣기로 한 거다. 아저씨의 담배 심부름을 하며 모아둔 잔돈을 꺼내 세어보니 십만원 남짓이었다. 지도에 나온 대로 찾아간 가로수 사무실은 축사 옆에 자리잡고 있었다. 편집장인 김민희씨가 비료 업체의 2단 광고를 편집하던 중에 나를 맞이했다. 어떤 광고를 싣고 싶냐고 친절하게 묻더니, 부고를 싣고 싶다니까 난색을 표했다. 장례식장 광고는 실어본 적 있어도 죽은 사람의 이름을 신문에 올려본 적은 없다고 했다. 시카고 트리뷴의 편집장이라도 되는 양 깐깐하게 구는 그녀에게 갖은 사정을 했다. 한참 뒤에야 겨우 허락의 말을 들을 수 있었다. 게재료가 한 글자에 오천원이라서 내가 쓴 글을 전부 싣지는 못했다.

크리스 해밀턴(62) 사망. 훌륭한 트럼펫 연주자.

어찌됐든 나는 약속을 지켰다. 크리스 아저씨와 내가 손가락을 걸고 약속한 적은 없다. 그래도 그건 일종의 약속이라고 생각한다. 죽어가는 사람의 마지막 소원을 들었다면 그 자체로 약속이 성립된 것이나 다름없는 거다. 그래서 말인데, 앞으로는 곧 죽을 사람 옆에 함부로 머물지 말아야겠다고 생각했다. 재키 할머니는, 물론 나는 할머니를 사랑함에도, 미안하지만 어쩔 수 없었다. 목사님이 알아서 하겠지 하는 마음도 있었다.

크리스 아저씨는 귀찮은 약속 말고도 내게 뭔가를 남겨줬다. 책을 다섯 권이나 읽은 건 충분히 의미 있는 일이었다. 재키 할머니의 오래된 책장에서 먼지를 뒤집어쓰고 있던 소설책들이었다. 처음 듣는 미국 작가의 삼류 펄프 픽션이었는데 생각보다 재밌었다. 부고를 쓰는 데도 확실히 도움을 받았다. 본문에 나온 미국 스타일의 부고 기사를 참조했으니까. 무엇보다 큰 소득은 재키 할머니가 책 사이에 꽂아둔 편지를 발견했다는 거다. 편지를 쓴 사람은 크리스 아저씨였고 받는 사람은, 물론 할머니였다. 어딘가에 할머니가 쓴 편지가 있을까 싶어 남은 책을 모두 뒤졌지만 한 통도 나오지 않았다. 은행이 가져가버린 아저씨의 짐 속에 있을 것 같았다. 도대체 은행은 그딴 물건을 어디에 쓰려고 가져간 건지. 이를테면 경매장에서,

다음 물품은 빅토리아 왕조 시대의 연애편지입니다. 농담이고, 노태우 정권 초기쯤에 쓰인 것 같네요. 안면용 산소호흡기를 포장하는 데 쓰실 수 있겠어요. 천원부터 시작하겠습니다. 천원? 오백원? 백원? 백원에 낙찰됐습니다.

하는 식으로 넘겨지는 게 아닐까.

여하튼, 덕분에 나는 재키 할머니와 크리스 아저씨 사이에 뭔가가 있었던 것을 알게 됐다. 그건 할머니가 머릿수건을 쓰기 전의 일이었다. 아저씨는 편지에서 할머니의 어깨까지 내려온 자연스러운 컬을 여러 번 언급했다. 포천에 정착하려고 애쓰던 시절 두 사람은 서로에게 잠시 의지했던 것 같다. 아저씨와 할머니가 나란히 선 모습을 떠올리면 아무래도 어색하다. 하지만 어울리지 않는 사람과 평생을 지내는 일도 종종 일어나지 않는가. 불행인지 다행

인지, 두 사람 사이에 있던 뭔가는 무엇이 되지 못하고 사라져버린 모양이었다. 뭔가가 무엇이 될 확률은 대략 십 퍼센트 정도가 아닐까 생각한다. 내가 정성 들여 쓴 부고도 이백 자 중에 스무 글자 정도만 남았으니까. 재키 할머니와 크리스 아저씨는 구십 퍼센트에 속했던 거다.

아저씨가 죽어서 할머니는 슬펐을까? 할머니에게는 교회가 있으니 괜찮았을 것이다. 나는 교회와 목사님께 감사했다. 그들이 없었다면 할머니는 엄마 노릇을 하겠다며 나를 괴롭혔을 것이고, 그랬다면 크리스 아저씨네 집에 그렇게 자주 놀러가지도 못했을 것이다. 재키 할머니는 내 엄마의 엄마, 그러니까 외할머니의 이종사촌이라서 친척이라지만 촌수로는 꽤 멀었다. 그래도 나를 받아준 게 어딘가. 할머니는 좋은 사람이었다. 어쩌면 그녀의 임종을 지켜야 할지도 모른다고 생각했다. 목사님으로 충분하겠지만, 혹시 모르는 일이니까.

그때까지는 할머니가 아저씨를 끔찍하게 여긴다고 생각했다. 끔찍이 아꼈다는 뜻은 물론 아니다. 할머니는 내가 뻔질나게 그 집에 드나드는 것 역시 끔찍하게 생각했다. 한때 좋았던 사이가 틀어지면 어떤 식으로 안 좋아질 수 있는지 보여주는 좋은 사례인 것 같다. 예전에는 아저씨가 무능하고 말귀를 못 알아들어서 미움받는 줄 알았는데, 알고 보니 그렇고 그런 사연이 있었던 거다. 재키 할머니는 정말 교회만으로 충분했을까? 아저씨를 오랫동안 진심으로 미워했을까?

모르겠다. 부고가 실린 가로수를 들고 화장실에 들어가 훌쩍거렸던 할머니를 생각하면 정말로 모를 일이다. 나로서는 그 감정을 진단할 자신이 없다. 진단이라는 단어가 제법 어울리는 것 같다. 감정은 병과 비슷하다. 스스로는 정확하게 판단할 수 없다는 점에서 그렇고, 멀쩡한 사람을 죽거나 다치게 할 수 있어서 더욱 그렇다. 이런 싸구려 수사는 내 것이 아니다. 아저씨 덕분에 읽게 된 삼류소설에서 인용한 거다.

나는 재키 할머니의 충고대로 멜론 앱을 깔았다. 쳇 베이커와 마일스 데이비스의 연주를 재생목록에 잔뜩 올려놨다. 결제를 하지 않아서 어떤 곡이든 일 분밖에 듣지 못했다. 트럼펫 연주를 듣고 있으니 아저씨 생각이 났고, 그가 죽었다는 사실에 적응할 만큼 충분한 시간이 지나지 않았다는 걸 확인했다. 우울해하는 내게 할머니는 아케이드 파이어를 추천했다. 윈 버틀러의 목소리는 노래의 템포와 관계없이 지쳐 있는 느낌을 줘서 기분이 묘했다. 며칠 뒤 김민희씨가 찾아왔을 때도 나는 이어폰을 꽂고 일 분마다 끊어지는 아케이드 파이어의 노래를 듣고 있었다. 라이브 앨범을 포함한 모든 음원을 여든 번 이상 들은 참이었다. 아케이드 파이어의 시작되는 일 분에 관해서는 세상 누구보다 잘 안다고 자부했다. 김민희씨가 오지 않았다면 백 번을 채울 수 있었을 거다.

때때로 내가 덤프트럭에 받히지 않았다면 어떤 생활을 하고 있을지 상상해보곤 했다. 또래 아이들처럼 학교에 다니고 방과후에는 보습학원에 드나들었겠지. 입시를 위해 의정부로 유학을 갔을지도 모른다. 삶이란 건 순간적으로 결정돼버리고 한번 방향이 정해지면 돌이킬 수도 없다. 이건 어디서도 인용한 문구가 아니다. 내가 직접 쓴 거다. 김민희씨가 나를 찾아온 그 순간에 듣고 있었던 노래를 아직도 기억한다. 〈Afterlife〉였다. 그녀는 트렌치코트 차림의 남자를 대동하고 우리집 대문을 두드렸다. 중절모 아래로 짙은 선글라스를 낀 남자였다. 그는 내가 읽은 펄프 픽션에 등장하는 무능력한 수사관의 인상을 풍겼다. 그들은 밀수업자들의 계략에 번번이 놀아나고, 배경처럼 주변을 맴돌 뿐 핵심을 타격하지 못하며, 잡아들이는 건 피라미들이거나 조직이 버린 행동대장뿐이었다. 조직범죄는 결코 사라지지 않는다. 왜냐하면 범죄는 생산기반 없이 막대한 자본을 축적할 수 있는 유용한 통로이고, 무슨 일이든 조직적으로 하면 혼자 하는 것보다 효과가 배가되기 때문이다.

김민희씨는 같이 온 남자를 미국에서 건너온 '연방 트럼펫 주자 관리 위원회' 요원으로 소개했다. 그녀는 부끄러움을 아는 밀고자의 표정을 지으며 연락도 없이 찾아온 데 양해를 구했다. 남자가 영어로 뭐라고 말하자 김민희씨가 미군부대의 흔한 카투사처럼 그의 말을 통역했다.

"크리스 해밀턴과 어떤 관계냐고 물어보네요. 솔직하게 말하는 게 좋을 것 같아요."

"친구요. 저는 크리스 아저씨의 친구예요."

남자는 알겠다는 듯 고개를 끄덕이더니 김민희씨에게 귓속말을 했다. 그녀가 남자의 말을 대신 전했다.

"크리스 해밀턴 씨가 단 한 번도 트럼펫을 연주한 적이 없다는 걸 알고 계세요? 이건 아주 심각한 문제를 불러일으킬 수 있다고요."

나는 재키 할머니가 크리스 아저씨를 그토록 미워했던 이유를 이해할 수 있을 것 같았다. 그는 정말로 사람을 귀찮게 만드는 타입이었던 거다. 집에서 아무것도 안 하고 빈둥거리는 주제에, 돈 한 푼 벌지 않고, 지역사회에 대한 의미 있는 공헌 따위 관심도 없고, 세상에 티끌만큼의 긍정적인 효과도 발휘하지 못하는 주제에 생각도 못한 일로 다른 사람을 귀찮게 만들었던 거다. 죽어서까지도! 한번은 이런 일도 있었다. 포천 지역 교회들이 시청 앞 주차장에서 연합 바자회를 열기로 했는데, 게을러빠진 크리스 아저씨가 그날은 웬일인지 교회 일을 돕겠다고 산소통을 끌고 나왔다. 대체적으로 모르는 사람에게 친절한(반면에 아는 사람에 대해서는 뒤에서 욕하는 경우가 많은) 교회 신자들 몇 명이 아저씨를 부축했다. 교회를 도우려고 온 사람을 도와주면 그들은 또 누가 도와준단 말인가? 재키 할머니는 화가 머리끝까지 나서 아저씨에게 당장 꺼지지 않으면 산소통을 폭파시켜버리겠다고 윽박질렀다. 충격을 받은 크리스 아저씨는 그 자리에서 정신을 잃고 쓰러졌다. 구급차가 왔고, 빽빽하게 들어찬 바자회 부스를 삼분의 일쯤 철거하고서야 아저씨를 실어갈 수 있었다. 그때 재키 할머니는 분을 삭이지 못해 씩씩거리며 눈물을 보였는데, 그 눈물의 의미는 편지를 본 지금에 와서는 꽤 복합적으로 느껴진다.

여하튼 그때 할머니는 이렇게 말했다. 세상에는 두 종류의 사람이 있다고. 세상에 도움을 주며 사는 사람과 세상에 도움을 주려면 살지 말아야 하는 사람. 크리스천답지 않게 무자비한 발언이었지만 비장한 말투만큼은 마음에 들었다. 그래서 나는 할머니의 말을 조금 변형해 내 것으로 만들었다. 세상에는 두 종류의 사람이 있다. 사람을 두 종류로 나눠서 이해하는 사람과 그러지 않는 사람. 나는 후자에 속하고, 아저씨는 어찌됐든 내 사람이었다.

남자는 중절모를 벗어 가슴께로 내리더니 선글라스를 벗었다.

"진실을 말해준다면 우리가 할 수 있는 최대의 호의를 베풀겠습니다."

갑자기 유창한 서울 말씨가 튀어나와 혼란스러웠다. 선글라스 뒤에 숨겨져 있던 남자의 푸른 눈 주변엔 나이를 짐작게 하는 주름이 깊었다. 단호함 속에 여유가 느껴졌다.

"우리는 당신이 상상하는 것보다 더 큰 힘을 갖고 있어요. 당신이 많은 것에 실망했다는 걸 알고 있고, 의지할 데라고는 먼 친척 할머니밖에 없는 고아라는 것도 알고 있습니다. 크리스 해밀턴은 당신에게 뭐죠? 좋은 친구였다지만 이미 당신 곁을 떠났잖아요. 스스로를 보호하세요. 당신이 원하는 곳 어디로든 데려다주겠어요."

고압적인 말투였다면 반발심이 생겼을 것이다. 그렇지 않고 부드러워서 더 무서웠다. 나는 그의 말을 못 들은 척하고 이어폰을 다시 귀에 꽂았다. 등을 돌리고 리듬을 타는 것처럼 고개를 까딱였다. 윈 버틀러의 목소리를 다시 들을 용기는 없었다. 그 남자의 허리춤에 총이 있을 게 분명했다. 할 수 있는 최대는 호의와 악의 어느 쪽에든 가능하지 않은가. 영문도 모르고 죽거나 사라지는 사람이 얼마나 많은데. 그중에 연방 요원이 개입하지 않은 사례가 몇이나 될까. 남자는 내 생각을 읽기라도 한 것처럼 말했다.

"재커리 반스. 그녀가 당신에게 남은 유일한 것 아닌가요?"

이 정도면 노골적이었다. 내게 주어진 선택지가 그리 많지 않음을 깨달았다. 남자를 쳐다보며 또박또박 말했다.

"크리스 해밀턴이 트럼펫을 불었냐고요? 내가 본 트럼펫 연주자 중에, 최고였어요."

*

나는 재키 할머니를 지키기 위해 포천을 떠났고, 그 때문에 할머니의 임종을 지키지 못했다. 포천에 대한 아쉬움은 없다. 당시는 구리와 포천을 잇는 민자고속도로 공사가 한창인 시기였다. 덤프트럭이 탱크 같은 소리를 내며 좁은 도로를 오가는 통에 양치를 하다가도 거울이 흔들렸다. 그때마다 내 몸은 얼어붙었고, 온종일 끙끙거리며 누워 있다가 밤이 되면 악몽을 꿨다. 어디든 내가 가야 할 곳은 덤프트럭이 포천보다 적은 곳이었다. 나는 재키 할머니의 반짇고리를 뒤져 현금 뭉텅이를 주머니에 집어넣었다. 그길로 인천항에 가서 내가 살 수 있는 가장 싼 티켓을 구입했다.

오사카에 반년 정도 머무르며 작은 야키니쿠 가게의 점원으로 일했다. 가게에서 자는 대신 사장보다 먼저 일어나 장사 준비를 완벽하게 해놓아야 했다. 정산을 마친 사장이 가게를 떠난 뒤에는 산더미처럼 쌓인 불판을 새벽까지 닦으며 꾸벅꾸벅 졸았다. 그나마 한 달에 한 번은 쉬게 해준 게 기적 같은 일이었다. 휴일이면 하루종일 밀린 잠을 자다가 저녁이 다 돼서 신사이바시 근처에 있는 재즈 바에 갔다. 거기서 진짜 트럼펫 연주를 처음 들었다. 그건 정말이지…… 뒤통수를 세게 맞은 것 같은 충격이었다. 시작하는 일 분만 듣던 아케이드 파이어와는 비교할 수 없는 압도적인 소울을 느꼈다. 민머리에 콧수염이 하얗게 센 트럼펫 주자는 클리퍼드 브라운의 레퍼토리를 딱 삼십 분 동안만 연주하고 내려갔다. 그는 가게 문을 닫을 때까지 혼자 앉아 하이볼을 홀짝거렸다.

나는 우연찮은 기회에 그와 합석했고, 그가 재일교포 2세라는 걸 알게 됐다. 그의 말에 따르면 한국인 사장이 한국인을 더 착취하는 법이라 앞으로 점점 더 힘들어질 거라고 했다. 그는 수첩을 잠시 뒤지더니 필리핀 사람이 운영하는 태국의 한 리조트에 일자리를 주선해주겠다고 했다. 이렇게 일하다가는 덤프트럭이 없어도 뒈지기 십상이라고 생각한 지 꽤 됐던 탓에 두말할 것도 없이 그의 제안을 받아들였다. 그동안 모은 돈으로 우메다의 악기점에 가서 중고 트럼펫 하나를 샀고, 악기와 케이스에 K. H.라는 이니셜을 새겨넣었다. 그길로 뒤도 돌아보지 않고 비행기에 올랐다. 여러 번 갈아타서 도착한 곳은 피피섬이었다.

집을 떠난 지 삼 년 만에 재키 할머니에게 전화를 걸었다. 할머니는 예상했던 대로 불같이 화를 냈지만 돈을 가져간 일은 잘했다고 했다. 어차피 내게 주려던 돈이었다면서, 죽기 전에 얼굴이나 한번 봤으면 좋겠다고 담담하게 말했다. 할머니는 요양병원에서 하루하루 힘든 날을 보내고 있었다. 집에서 멀어 목사님이 자주 오지 않는다고 아쉬워했다.

"아야, 그래서 요새는 뭐 듣고 지내냐?"

"그냥 아무거나. 이것저것. 대중없이 들어요."

"슬로다이브 신보 나왔더라. 옆에 있으면 할미가 씨디 한 장 사줬을 터인디. 썩을 놈. 너는 그런 걸 들어야 돼. 너무 밝고 신나고 춤추고 그런 거는 니놈이랑 안 어울려."

그게 재키 할머니와 나눈 마지막 대화였다. 재즈에 대한 이야기는 꺼내지 않았다. 그랬다간 크리스 아저씨의 트럼펫 연주에 대해 말해야 하는데, 멀리 있는 할머니를 걱정시키는 건 정말이지 못할 짓이기 때문이었다. 재키 할머니의 부음을 전한 건 목사님이었다. 다른 사람이 아니라서 다행이었다. 정말로…… 다행이었다. 그날은 오후 내내 일이 손에 잡히지 않았다. 손님이 있건 말건 로비의 소파에 널브러져 슬로다이브만 들었다. 멍하니 창밖을 보는데 누가 뒤에서 어깨를 두드렸다. 갑자기 화가 치밀었고, 싸울 마음으로 이어폰을 잡아 빼며 고개를 돌렸다. 뜻밖의 아는 얼굴이 나를 보고 웃고 있었다. 김민희씨였다. 막 울음이 터져나오려던 참이라, 친한 사이가 아니었더라도 반가운 마음이 드는 걸 막을 수 없었다.

그녀는 휴가 동안 스쿠버다이빙을 하러 피피를 찾았는데, 공항에서 잡은 택시가 갑자기 퍼져버려 히치하이킹을 해 리조트까지 왔다고 했다. 그녀가 얻어 탄 차는 덤프트럭이었다. 덤프트럭이라는 말을 들었는데도 아무렇지 않았다. 덤프트럭에 들이받힌 어린 시절의 기억을 떠올려도 슬프지 않았다. 나는 결국 크리스 해밀턴을 잃었고, 재커리 반스의 마지막을 지키지 못했다. 그러니 덤프트럭 같은 건 아무래도 상관없어진 것이다.

김민희씨는 가로수 포천 지국에서 자리를 옮겨 서울 시내에 본사가 있는 일간지의 경기 북부 지부장을 맡게 됐다고 했다. 중절모 쓴 남자가 포천에 다녀간 뒤 갑작스럽게 이뤄진 영전이었다. 그녀는 나에게 고마워해야 했다. 우리는 리조트 건너편의 바를 겸한 작은 가게에 마주앉았다. 기분이 좋아지는 풀을 말아 피우며 나는 그렇게 말했다. 당신은 저에게 고마워해야 합니다, 라고 말이다. 김민희씨는 내게 건네받은 풀을 양껏 빨아들이고 연기를 내뿜었다. 그녀는 기분이 좋아진 상태로 이렇게 말했다.

"당신이 아니라 내가 선택한 거예요. 당신에게 고마울 게 뭐 있겠어요. 굳이 따지면 미안한 감정 정도가 있어요."

"어째서 미안하죠?"

"믿어주지 않았으니까요."

"괜찮아요. 크리스 해밀턴은 정말로 훌륭한 트럼펫 주자였는걸요."

나는 항상 가지고 다니는 하드 케이스를 테이블 위에 올려놨다.

"크리스 아저씨의 트럼펫을 보여줄게요."

"와우. 이건 정말……"

김민희씨는 트럼펫을 천천히 들여다보고 내가 새긴 이니셜을 손끝으로 만지기도 했다.

"정말이지, 새것 같은 중고네요."

"아저씨는 트럼펫을 분신처럼 여겼죠. 연주가 끝나면 어미 새가 새끼를 돌보는 것처럼 정성스럽게 악기를 소제했어요. 정말 어미 새 같았죠. 가끔은 혀로 핥아서 얼룩을 지우기도 했으니까."

"해수씨도 불 수 있는 곡이 있어요?"

"저는 트럼펫을 불지 않아요. 이건 아저씨가 내게 남긴 유일한 흔적이죠. 내 것으로 만들 생각이 없어요."

"소중한 기억이 있다는 건 중요한 일이죠."

김민희씨는 그렇게 말하면서 오른손을 뻗어 내 손에 포갰다. 나는 엉거주춤하게 손을 빼고 말했다.

"재키 할머니가 돌아가셨어요."

"돌아가면 부고 기사를 써줄게요."

"감사합니다. 그래주면 정말 고맙겠어요."

그제야 눈물이 났다. 할머니가 그 모습을 봤다면 갖은 타박을 했을 것이다. 내가 우울한 표정으로 풀죽어 있는 걸 못 견뎌 하는 양반이었으니까. 목사님은 할머니의 유일한 유품인 머릿수건을 함께 태웠다고 했다. 재키 할머니는, 본인의 이야기에 따르면, 포천에 오기 전 한동안 문래동 로컬 밴드의 베이시스트였다. 폴란드 유학 시절에는 야기엘론스키대학의 무장단체 조직책이기도 했다. 듀크 엘링턴의 매니저로 활동하던 시절에는 시궁쥐를 조련해 세션을 맡겼다고 했다. 잠들기 전 머리맡에서 할머니가 해주는 믿기 힘든 이야기들을 나는 믿지 않았다. 하지만 머릿수건에 관한 이야기는 한 번도 들려주지 않았다. 영영 알 수 없게 됐다.

김민희씨는 피아노에 기대 쉬고 있던 트럼펫 주자에게 쪽지를 건넸다. 신청곡은 김상국의 〈불나비〉였다. 그녀는 전주가 시작될 때 무대로 나가서 눈치 없는 직장상사처럼 마이크를 잡았다. 얼마나 사무치는 그리움이냐. 노래를 시작하자 테이블에 앉아 있던 손님이 휘파람을 불었다. 재키 할머니는 가요를 듣지 않았다. 가사가 귀에 들어오면 정신이 산만해진다는 게 이유였다. 내용 없이 흘러가는 것들이 편했던 거다. 한때나마 아저씨를 좋아했다면 그런 이유 때문이겠지.

*

나는 그곳에 정착해 오래 머물렀다. 내 나이가 크리스 아저씨의 나이와 같아질 때까지 기분상으로는 얼마 걸리지 않았다. 이리저리 몸을 굴리는 동안 시간이 나를 앞서간 모양이다. 쉬지 않고 일한 덕에 차곡차곡 돈을 모은 건 다행이었다. 한국인 사장도 없고, 먹여 살릴 입이라고는 내 것 하나뿐이었으니까. 리조트 근처의 무너져가는 건물을 사들여 허물고 그 자리에 단층 홀을 지었다. 일주일 내내 덤프트럭이 쉴새없이 왔다갔다했다. 주변에 자전거 탄 아이들이 지나가지 않는지 신경쓰는 것도 일이었다. 야자나무를 쪼개 만든 간판에 '째즈 빠'라고 한글로 써서 입구에 걸었다. 트럼펫 주자들을 고용해 새벽까지 연주하게 했다. 나는 크리스 아저씨의 이니셜이 새겨진 하드 케이스를 열어놓고 구석 자리에 앉아 있는 걸 좋아했다. 누군가 내 연주를 듣고 싶다고 청하면 앞에 놓인 잔을 가볍게 들고 미소를 보냈다. 거절도 승낙도 아닌 애매한 대답이 내가 차릴 수 있는 최대한의 예의였다.

김민희씨는 그뒤로도 휴가철마다 피피섬을 찾아왔다. 우린 거의 이어질 뻔한 적도 있지만 결국에는 아무 일도 일어나지 않았다. 그녀가 미국으로 건너가서 자리를 잡은 뒤에는 종종 편지만 주고받았다. 그녀는『월간 트럼펫』을 발행하는 '미주 트럼펫 협의회'의 홍보 이사로 일하다가 나중에는 트럼펫 쪽의 로비스트로 활발히 활동했다. 위키피디아에 그녀의 이름을 치면 영화배우 김민희 바로 다음에 활약상이 소개돼 있다. 포천시가 후원하고 포천향우회가 주관해 수여한 '자랑스러운 시민상'도 받았다. 여기에 그녀의 수상 소감을 옮겨보려고 한다.

트럼펫은 제 인생의 전부입니다. 포천에서 시작된 인연이었죠.

훨씬 길고 감동적인 얘기지만 여기까지. 스무 글자 부고에 대한 복수다.

나는 유명 연주자들의 트럼펫을 수집하기 시작했다. 생각보다 많은 돈을 벌었는데 취미랄 게 없어서 그랬다. 벽에 걸어놓으면 제법 재즈 바다운 분위기가 났다. 미국에서 온 여행자들은 재즈에 대해 한마디쯤 아는 척하기를 좋아했다. 재즈 바의 주인인 나에게까지 그랬으니 오죽할까. 이봐, 나는 크리스 해밀턴의 친구였다고, 라고 말하려던 걸 참은 게 몇 번인지 모른다.

그날은 페덱스 직원을 기다리고 있었다. 로이 엘드리지가 투어를 다니던 젊은 시절 썼던 트럼펫이 도착하기로 돼 있었다. 손님이 뜸해진 밤 하드 케이스를 가져온 사람은 페덱스 직원이 아니었다. 검은 슈트를 입은 남자가 테이블 맞은편에 앉았다. 나는 그가 '연방 트럼펫 주자 관리 위원회' 요원이라는 걸 직감했다. 포천으로 나를 찾아왔던 남자는 아니었다. 그들은 특유의 분위기를 감추는 법을 몰랐다. 신경쓰지 않는다는 쪽이 더 맞겠지만. 예전과 달라진 게 있다면 중절모를 쓰는 대신 포마드로 머리를 넘긴 것뿐이었다. 오래 기다린 친구를 만난 것처럼 반가웠다. 통역은 필요 없었다. 피피섬은 세계 곳곳에서 온 관광객들로 넘쳐났고, 살아남기 위해 익힌 영어는 원래 쓰던 말처럼 입에 달라붙은 지 오래였다. 정말 오래였지. 꽤 많은 시간이 흘렀으니까.

남자는 내 옆에 열려 있는 하드 케이스를 들여다봤다. 크리스 아저씨의 이니셜이 새겨진 트럼펫을 살펴보는 그의 눈빛은 고고학자처럼 빛났다. 물방울이 맺힌 잔에서 동그란 얼음이 천천히 녹아가고 있었다. 잔을 조금 흔들자 얼음이 부딪히며 맑은 소리를 냈다. 남자는 입술을 움찔거리다가 웅얼거리듯 말을 꺼냈다.

"아무리 찾아봐도 작은 흔적 하나 나오지 않더군요. 크리스 해밀턴이라는 트럼펫 주자는."

"아직도 궁금한가요? 그가 정말로 트럼펫을 불었는지?"

"이젠 상관없습니다. 다음주면 데이터베이스에 크리스 해밀턴의 이름이 올라갑니다. 김민희씨가 꽤나 애썼어요."

"여기까지 온 용건이라도 있나요?"

"리처드 선배가 당신 이야기를 하더군요. 아주 이상한 소년을 만난 적이 있다고. 쓸데없는 약속을 지키기 위해 모든 걸 거는 사람이 있었다고."

"어떤 사람이었나요? 선배라는 그 사람."

"눈가에 주름이 깊은 사람이었죠."

"그리고요?"

"트럼펫 연주자에 대해서라면 모르는 게 없는 분이었어요. 이 일에 적응할 수 있도록 도와준 멘토였고, 유일한 친구이기도 했죠. 마지막에는 알츠하이머로 힘들어했는데, 기억이 온전할 때 자기가 만난 사람들의 이야기를 해줬죠. 해수, 당신의 이야기도 마찬가지였고요."

남자는 천천히 리처드 브런트에 대한 이야기를 시작했다. 그는 연방 기관의 성실한 요원이었으며, 진심으로 자기 일을 사랑한 나머지 사생활을 만들지 않은 워커홀릭이었다. 주말마다 재즈 바에 들러 알려지지 않은 트럼펫 주자의 연주를 듣는 게 취미였다. 비번일 때 수집한 정보도 소홀히 하지 않고 새로운 연주자를 부지런히 등록했다. 새벽이 깊어 연주가 멈췄지만, 그의 이야기는 끝날 생각을 하지 않았다. 바닥을 드러낸 버번위스키 병이 트럼펫의 곡선 위에 비쳤다. 나는 셔터를 내리기 위해 잠시 자리를 떠났다. 멀리 떨어진 리조트의 불빛이 가스등처럼 흔들렸다.

돌아왔을 때, 남자는 테이블에 엎드린 채 소리 없이 울고 있었다. 재키 할머니가 내게 해줬던 것처럼 손을 뻗어 그의 등을 둥글게 쓸어내렸다.

신년하례

얼마 전 꿈에서 바나나를 사러 갔다. 온통 노란 바나나들 틈에서 내가 찾는 건 정말로 노랗고 노란 바나나였다. 그래야만 한다는 압박감에 꿈속에서도 답답함을 느꼈고, 노란 바나나를 찾지 못하면 큰일이라도 날 것 같은 기분이 들었다. 모든 게 희미했지만 노란 바나나를 가져다 바쳐야 할 사람이 본부장이라는 것만큼은 분명했다. 비단 꿈에서가 아니더라도, 본부장의 의중은 마침내 지켜내야 할 고조부의 유지처럼 언제나 소중한 방침이었다. 나는 결국 노란색보다 더 노오란 바나나를 찾아 집어들었는데, 묵직한 씨가 돋아 있어서 망설이다가 꿈에서 깼다.

전날 마트에서 희수와 바나나를 놓고 실랑이를 벌인 탓이었다. 검은 반점이 돋은 바나나를 고집하는 희수를 매대에서 떼어놓고 한참을 설득했지만, 녀석은 거뭇거뭇한 바나나가 더 맛있으니까 그걸 사야 한다고 버텼다. 희수야 봐봐, 엄마 말 들어봐. 며칠만 지나면 노란 바나나도 까매지잖아. 그런데 검은 바나나를 사면 새카매져. 그러니까 무슨 색 바나나를 사야 되겠어? 희수는 어이없다는 듯 당당하게 말했다.

"까만 바나나가 더 맛있거든?"

과장이 멋대로 회사를 그만두면서 모든 일이 엉망이 됐다. 물론, 회사를 그만두는 건 얼마든지 멋대로 할 수 있는 일이다. 월급쟁이가 멋대로 할 수 있는 일이 회사를 때려치우는 것 말고 뭐가 있겠는가. 그래도 나를 생각한다면 그러지 말아야 했다. 이동진 과장은 지금 내가 하는 일을 과거에 전부 해본 유일한 사람이었다. 그는 이제껏 완벽한 샐러리맨이 되고자 노력했고, 자신의 방침에 이견 없이 따르는 나의 존재를 일종의 자기 증명으로 여겼다. 나는 그가 점심으로 순대국밥을 먹자고 하면 순대국밥을 먹었고, 짜장면을 먹자고 하면 짜장면을 먹었다. 된장찌개를 먹자고 할 때 순두부찌개를 시키는 것 정도가 내가 가진 자율성의 최대치였다. 신년을 얼마 앞둔 평범한 날들이었다. 연말 결산은 마무리한 지 오래였고, 곧 있을 시무식의 비전 발표 행사를 준비하는 게 우리 부서의 당면 과제였다. 이동진은 어느 점심시간 손수 지었다는 시를 내 앞에서 읽어 보였다.

"정대리야, 들어봐. 제목은 '혁명'이야."
"레볼루션?"
"예스. 레볼루션."

혁명은 나른한 것
몸을 적신 비처럼 젖어오는 것
그대 앞에 놓인 커피 비스킷이 우유에 잠길 때
내 주먹은 담금질한 쇠처럼 파국을 찢고

그다음은 기억나지 않는다.

나는 하여튼 거지같다고 솔직하게 말했고, 이동진은 서운한 기색 없이 내 의견을 받아들였다. 새로 생긴 취미를 서로에게 자랑하는 건 이동진과 내가 나누는 대화의 중요한 부분이었다. 그는 시를 쓰는 게 마음처럼 되지 않는다고 했다. 머리에서 혀로 가는 길목에 가래처럼 걸려 있는 게 있는데 손끝으로 나오지 않는다고. 나는 그가 스쿼시를 배운다거나 클라리넷 레슨을 시작했다고 말했을 때처럼 적당히 고개를 끄덕여줬다. 그 이상의 반응을 보여주기에는 점심시간이 너무 짧았다.

바지락의 조갯살을 입술로 끊어내는 동안 남편에게서 메시지가 왔고, 밥은 먹었냐는 질문에 지금 먹고 있다고 보냈다. 매일 같은 시간 미얀마에서 날아오는 남편의 메시지는 현존하는 부부관계의

법적 확인 절차처럼 군더더기 없이 담담했다. 희수는? 하고 묻길래 학교에 있지, 라고 대답했다. 서로에게 궁금할 것이 별로 없었다. 남편의 회사인 중견 건설사에서 순조롭게 승진하기 위해서는 적당한 시기의 해외 파견이 필수적이었다. 우리 부부는 결혼할 당시부터 서로의 직업적 성취를 허용 가능한 수준에서 지원한다는 것에 암묵적으로 동의했다. 하지만 남편은 가사분담에서 은근히 불공정한 태도를 보였고, 일 년에 시댁을 들르는 횟수가 친정에 가는 것보다 두 번 정도 많았다. 해외 파견 대상자가 나였어도 그렇게 쉽게 결정할 수 있었을까 자문해보면, 답은 뻔히 정해져 있었다.

핸드폰이 다시 울려 들여다보니 대학 선배 박종수의 카카오톡 메시지였다. 진절머리가 나서 읽지도 않고 대화창을 지워버렸다. 그와는 새내기 시절에 잠시 사귄 사이였다. 흐지부지하게 연애가 끝난 뒤로는 졸업 때까지 서먹하게 지냈다. 동아리 선배들의 결혼식에서 몇 번 마주치긴 했지만 각자 결혼한 뒤로는 얼굴 볼 일이 없었다. 근래에 이혼했다는 소식을 건너 들었는데, 그뒤로 뜬금없이 조잡한 이미지 파일로 된 '좋은 글'들을 보내오기 시작했다. '오늘도 건강하시고 행운이 함께하는 복된 하루 보내세요' 같은 글귀가 촌스러운 폰트로 풍화된 배경 그림 위에 적혀 있는 이미지 파일이었다. 딱 한 번 이미지 파일이 아닌 메시지를 받은 적이 있는데 '밥은 먹었냐'는 내용이었고, 나는 물론 답장을 하지 않았다.

사람들이 타인의 식사 여부에 그렇게나 집착하는 이유를 이해할 수 없었다. 이동진은 그 점에 대해서 나름의 의견을 밝혔는데, 사람은 밥을 먹은 직후 타인에게 조금 너그러워지는 경향이 있어서 그걸 이용하는 사람이 있다고 했다. 자기도 그 덕분에 거래처와의 곤란한 상황을 몇 번이나 넘겼다고 말했다.

박종수는 전자공학과에 입학했지만 그림패 동아리에서 시작한 걸개그림에 심취해 졸업 후 이탈리아로 건너가 회화를 전공했다. 현대적 회화와 걸개그림을 접목해 약간의 주목을 얻었다는 소식을 전해들었다. 현지 공산당의 초청을 받았다거나 행동주의자들과의 협업으로 무슨 무슨 비엔날레에 참가했다는 둥 이탈리아에서 나름 입지를 다지는가 싶더니 몇 년 전 돌연 귀국했다는 것만 알고 있었다. 카카오톡 메신저 프로필에 등록된, 수염을 기르고 꽁지머리를 한 그의 사진을 보며 내가 떠올린 건 너절했던 대학 시절의 동아리방이었다.

최근에 바뀐 프로필 사진에서 박종수는 개량한복을 입고 있었고, 덕분에 안 좋은 추억이 되살아났다. 별 이유도 없이 동아리에서 개량주의자로 몰려 비판받은 적이 있었다. 졸업반 선배들의 괜한 시비였다. 이유라는 게 정말 웃기지도 않아서, 신입생 환영회와 종강 총회 같은 행사에 꼬박꼬박 나오지 않는다고 그런 소리들을 해댔다. 은행 다니고 보험사 들어가겠다는 새끼들이 무슨 개량 타령이야, 하고 소주잔을 던졌어야 했는데. 상상만 했지 실행에는 옮기지 못했다. 그렇게까지 과감한 인간은 못 됐던데다가, 몇 안 되는 대학 친구들이 전부 동아리로 얽혀 있었기 때문이다.

이동진과 이천원짜리 아메리카노를 테이크아웃해서 돌아가는 길에 소나기가 내렸다. 눈과 섞인 겨울비는 기분 나쁘게 코트 위로 젖어들었다. 종종걸음을 치며 이동진을 쫓아갔지만 구두 굽을 지걱거리며 성큼성큼 가는 그를 따라잡기 힘들었다. 더럽게 의리 없는 새끼라고 욕하며 사무실에 돌아왔을 때 이동진의 자리는 비어 있었다. 오후 미팅이 시작될 때까지도 돌아오지 않았고, 핸드폰으로 전화를 걸어도 받지 않았다. 퇴근할 때가 다 돼서야 파일이 첨부된 메일 하나가 도착했는데, 우리 팀 전체는 물론이고 본부장까지 참조로 들어가 있었다.

비전 선포식 기획안이야. 대행사 어레인지 돼 있으니까 쓰여 있는 대로 진행하면 된다.

정대리야 믿는다~~!!! 파이팅~ ^^!!!

*

이동진의 갑작스러운 잠적에 가장 분개한 사람은 본부장이었다. 비전 선포식에서 그와 함께 밴드 공연을 하기로 돼 있었기 때문이다. 본부장은 연습용 드럼 패드를 본부장실에 가져다놓고 스틱을 두들기며 공연 준비에 열중했다. 결재가 밀리고 회의가 지연됐지만, 어차피 겨울인데 아이스크림 먹을 사람이 누가 있겠냐며 업무는 뒷전으로 미뤘다. 그게 음악에 대한 열정이 아니라 영전을 위한 전략이라는 걸 모르는 사람은 아무도 없었다. 왕회장의 기분을 달래는 게 전사全社적인 목표나 다름없는 상황 때문이었다. 본부장이 부장에서 임원으로 진급하게 된 결정적인 계기 역시 어느 해의 비전 선포식이었다. 그는 왕회장이 극진히 아끼던 차남과 〈그대 안의 블루〉를 듀엣으로 불렀고, 나란히 진급 대상에 올랐던 QC팀의 김승연 부장을 제치고 당당히 본부장 자리를 차지했다. 아직도 본부장의 기괴한 가성을 떠올리면 모골이 송연해지곤 했다.

차남은 지난해 말 동남아 시장 공략을 위해 필리핀에 지사를 세우고 사장으로 취임했다. 필리핀의 빙과류 시장은 이미 포화상태에 가까웠지만 메로나의 선례를 본받아 프리미엄 아이스크림으로 승부하겠다는 비전이 있었다. 삼 년 안에 동남아 시장을 석권하겠다는 포부를 밝힌 그를 언론은 능력 있는 2세 경영인으로 주목했다. 당시는 종편을 중심으로 건강 토크쇼가 봇물 터지듯 제작되던 시기였는데, 이에 착안해 능이맛 아이스크림을 한국과 필리핀에서 동시에 론칭한 것도 전부 차남의 작품이었다.

마닐라에서 대규모 원정도박을 벌인 유명 연예인이 사회적 물의를 일으키며 귀국하고, 정킷방에 함께 있던 한국인 큰손이 왕회장의 차남이라는 게 밝혀지며 일이 꼬였다. 신제품인 능이맛 아이스크림의 판매실적 또한 저조했다. 외화 밀반출과 횡령, 상습도박 혐의로 기소된 차남은 귀국 일자를 미루며 버텼다. 사정 당국과의 물밑 거래를 통해 기소유예를 약속받은 뒤 은밀히 귀국했지만, 갑자기 대통령이 탄핵되고 검찰 인사가 복잡해지면서 기대는 산산조각나고 말았다. 차남은 1심 선고 날 법정구속됐다.

필리핀 지사장 자리는 공석이 됐고, 왕회장의 가슴에도 그만한 구멍이 뚫렸다. 화투장의 국진을 연상시킨다며 회사 앞마당에 심어져 있던 국화를 손수 뽑아 불태워버렸고, 휴식 시간에 바둑이판을 벌이다 걸린 직원들을 몽땅 해고해버렸다. 동남아, 도박, 아들 세 단어는 공공연한 금지어가 됐다. 아들이 있는 직원은 딸인 척했다.

다음날도 이동진이 코빼기도 보이지 않자 본부장은 시뻘게진 얼굴로 이동진의 책상을 걷어찼다.

"이과장 이 새끼 어딨어! 당장 수배해!"

"파타야라는데요?"

"파타야? 거긴 왜? 당장 내 자리로 전화 돌려."

"전화는 안 받고요, 인스타에 올라왔어요."

인턴부터 본부장까지 어깨를 맞대고 모니터 앞에 모여들었다. 꽃무늬 남방을 열어젖힌 이동진의 배에는 오리 머리가 달린 튜브가 걸쳐져 있었다. 선글라스 아래 드러낸 고른 치열이 빛을 받아 하얗게 빛났다. 직원들은 웅성거리며 이동진의 결단력에 경의를 표했다. 미쳤어. 대박이야. 부럽다. 감탄사가 여기저기서 터져나왔다. 사진 아래 적힌 글귀는 나 보라고 써놓은 메시지 같았다.

혁명은 따듯한 것
열대의 태양처럼 몸을 녹이는 것
망고주스 한 잔에 천원밖에 안 하는 것
넘나 좋은 것

방으로 나를 부른 본부장은 멍하니 창밖을 바라보며 망연자실한 표정이었다. 그는 생산직 직원으로 입사해 자재팀을 거쳐 임원 자리까지 오른 입지전적인 인물이었다. 차남을 제외하고 유일하게 왕회장과 독대를 하는 것으로 알려져 있었다.

"정대리, 이번 행사에 우리 회사의 명운이 달렸어."

본부장님, 회사의 명운은 우리 공장 재고물량에 달렸죠. 아무도 능이맛 아이스크림을 좋아하지 않는다고요. 목구멍까지 차오른 말이 입 밖으로 나오지는 않았다. 전 지구의 운명을 가를 중대한 결정 앞에서 고민하는 미국 대통령처럼 본부장의 표정이 심각했다.

"이과장이 업무 연락망 남겨놓은 거 있지?"

"네."

"팀별 장기자랑 분장표도 갖고 있지?"

"네."

"라인 가동률은 오십 퍼센트로 낮춘다. 지금부터 전 사원 장기자랑 준비 태세 발동이야. 정대리, 만전을 기하도록 해. 기타는…… 혹시 아는 기타리스트 없나? 개인적으로 친하게 지낸다든가."

"없는데요."

"대행사에 연락해서 오부리라도 하나 보내라고 해."

자리에서 벌떡 일어난 본부장이 손을 내밀어 악수를 청했다. 백악관 수석 비서가 된 기분으로 손을 맞잡았다. 어찌나 아귀에 힘을 주고 흔드는지 어깨가 저릴 지경이었다.

이렇게 된 이상 믿을 건 오정환뿐이었다. 자재팀의 에이스 오정환 사원. 그는 입사 이튿날 열린 야유회에서 두각을 드러낸 이래 회사에서 개최한 모든 장기자랑에서 센터를 맡아왔다. 빛나는 활약의 정점은 작년 여름 곤지암초등학교 운동장에서 진행된 '한마음 전진 체육대회'였다. 직접 준비한 리믹스 음원으로 모모랜드의 〈뿜뿜〉과 트와이스의 〈YES or YES〉 안무를 완벽하게 소화해냈다. 열정의 무대를 선보인 오정환 사원은 목석같은 왕회장의 기립박수를 받아냈는데, 이는 차남의 초등학교 4학년 시절 학예회 무대 이래로 처음 있는 일이었다.

이동진은 오정환의 춤을 보며 눈물을 훔쳤다. 그때부터 알아봤어야 되는데. 이동진에게 이상이 생겼다면 아마 그즈음부터였을 것이다. 사내 동호회를 등산부에서 문학부로 바꾼 것도 비슷한 시기의 일이었다.

"정대리야, 나 저 친구 춤이 왜 이렇게 슬프지."

"과장님 요새 드라마 보면서 울고 그러죠."

"으응. 그래서 이제 못 봐. 너무 슬퍼서."

"그냥 멋지다고 박수를 열심히 쳐주면 되는 거예요."

오정환은 왕회장이 직접 수여한 전기밥솥을 머리 위로 번쩍 올리고 우렁찬 수상 소감을 발표했다.

"엄마! 오늘 내가 잡곡밥 해줄게!"

눈물을 훔치던 이동진은 아예 오열하기 시작했다.

"잡곡밥이래, 잡곡밥."

"그게 그렇게 슬퍼요?"

"나 콩 싫어한단 말이야."

구내식당 문을 열어젖히는 순간 커다란 사자가 나를 막아섰다. 다리에 힘이 풀릴 뻔했지만 간신히 손잡이를 잡고 버텼다. TV에서나 보던 거대한 사자놀음 탈이 내 앞에서 얼굴을 좌우로 흔들었다. 방향을 바꿔 꿈틀거리며 식탁 사이를 휘젓고 다니기 시작한 사자는 QC팀 김승연 부장의 비밀병기였다. 새끼줄같이 구불구불한 갈기를 치렁치렁 흔들며 앞발을 올렸다 내리는 사자의 폼이 제법 절도 있었다. 어느새 내 뒤로 온 김부장이 나지막한 목소리로 말했다.

"이과장, 지금 세부에 있다지?"

"파타야래요."

"팔자 좋네. 그럼 이제 정대리가 피엠인 거네?"

"뭐, 그렇다고 봐야죠."

"자기 생각은 어때. 행사 마무리로 밴드가 들어가는 거, 너무 진부한 거 아니야?"

김부장이 묘한 웃음을 띠며 말했다. 가는 안경테 뒤에서 그보다 더 가느다란 눈을 흘겨 뜨며 보일 듯 말 듯 고개를 까닥거렸다. 입사 때부터 본부장의 라이벌이었다고 알려진 김부장은 몇 해 전의 비전 선포식에서 결정적인 패배를 맛본 이후 출세가도에서 본부장에게 한참이나 밀려 있었다. 임원 진급 대상자 중 유일한 여성으로 직원들 사이에서는 '고속도로'라고 불렸다. 이틀 연속 이어진 회식에서 5차까지 술을 들이부으며 왕복 10차선을 깔아댄 탓에 생긴 별명이었다. 김부장은 작업복 입던 놈이 사무실에 들어앉아서 분수를 모른다며 본부장을 두고 공공연한 뒷담화를 까대곤 했다.

"저분 보여? 저기 가운데 흰 도포 입고 곰방대 들고 계신 분."

"회, 회장님?"

"아니 아니. 회장님 아니야. 회장님 아직 한국 안 들어오셨잖아.”

전주의 한복 명인이 손수 지었다는 두루마기를 사시사철 입고 다니는 건 왕회장의 트레이드마크였다. 왕회장은 얼마 전부터 ‘조선 놈들이라면 이제 지긋지긋하다’며 미국에 있는 큰딸 집에 주로 머물렀다. 비전 선포식 날에도 단출한 짐을 챙겨 들어왔다가 곧 다시 출국할 예정이었다.

“국가무형문화재 15호 북청사자놀음 전수자 정중봉 선생님이셔. 우리 파트가 장장 한 달에 걸쳐 완벽하게 전수받았다고. 고등학교 축제도 아니고 밴드가 뭐야. 이 정도는 돼야 중견기업이지.”

“부장님, 공연 순서는 회의에서 같이 결정한 거잖아요. 사장님 결재까지 받은 건데.”

“자기야, 회사가 누구 거야? 회장님 거지 사장님 거 아니잖아. 회장님이 뭘 더 좋아하실지 생각해보라고. 회사를 위한 최선이 뭐겠어.”

정중봉 명인이 도포 자락을 펄럭이며 일어나더니 의자를 집어 던졌다. 다행히 직원들을 비껴간 의자는 패널 벽에 움푹한 자국을 남기고 나동그라졌다.

“머저리 같은 놈들아, 으쓱으쓱이 아니라 훠이훠이라고 몇 번을 얘기해. 늬들이 내 평생을 바친 대업을 광대놀음으로 만드는구나.”

바닥에 주저앉아 어흐흐, 어흐흐거리며 가짜 울음을 우는 정중봉 명인의 어깨가 들썩거렸다. 확실히 밴드 공연보다는 참신해 보였다. 어차피 기타리스트도 실종인 상태인데 한 번쯤은 고려해볼 만한 선택지였다. 하지만 언제 그랬냐는 듯 벌떡 일어나 사자탈에 발길질을 해대는 명인의 활달함을 보니 괜한 생각이 쏙 들어갔다. 그러고 보니 난장을 피우는 사자놀음판 한구석에서 우울한 얼굴로 모여 앉아 있는 직원들이 눈에 들어왔다.

"부장님, 저긴 무슨 팀이에요?"

"아, 댄스팀. 망했어. 걔네 시간 빼서 우리가 쓰기로 합의 봤어."

"망해요? 왜?"

"오정환이가 휴직계 냈대."

"자재팀 오정환 사원이요?"

"응. 〈춤왕춤신〉 시즌 4 나간대. 알지? 엠넷에서 하는 댄스 오디션."

*

집에 돌아오니 희수가 TV 앞에서 춤을 추고 있었다. 괜히 부아가 치밀었다.

"춤추지 마. 딴따라 할 거야?"

"엄마 구려. 딴따라가 뭐야."

"구려? 엄마한테 그게 무슨 소리야. 어디서 그런 말은 배워왔어."

희수가 소파에 리모컨을 던지며 소리를 빽 질렀다.

"나도 춤왕춤신 될 거라고!"

희수는 자기 방 문을 쾅 닫고 들어가 노래를 크게 틀어놓고 쿵쾅거렸다. 사춘기가 시작되는 것 같은데, 혼자서 감당하기가 날이 갈수록 버겁기만 했다. 희수가 마루에 흩뿌리듯 던져놓은 옷을 하나씩 주워들었다. 전화가 울렸다.

"여보, 밥 먹었어?"

"지금 몇신데. 먹었지 그럼."

"희수는?"

"춤왕춤신이야."

"뭐?"

"뭐. 끊어."

"아니 여보, 끊지 마. 끊지 말아봐. 우리 옛날에 그거…… 영화 본 적 있잖아. 그거…… 〈토니 타키타니〉."

"그래, 봤지."

"거기 하루키 나오잖아."

"아니지. 하루키가 쓴 거지."

"그니까 하루키가 쓴 거고, 하루키가 주인공으로 나오는 거 아니야?"

"아니야. 하루키는 그냥 쓰기만 했고. 주인공은 다른 사람."

"누군데."

"몰라."

"확실해? 그 사람이 하루키 아니었어? 분명히 하루키였는데. 내가 오늘 낮에 여기서 그 사람을 봤거든. 그럼 하루키가 아니라 하루키 역을 한 배우를 본 건가."

"하루키 역 아니야. 하루키는 썼고 거기에 하루키는 안 나와."

"그럼 하루키랑은 상관없는 건가."

"야."

"응."

"너 앞으로 전화 일주일에 한 번만 해."

전화를 끊자 박종수의 메시지가 도착했다는 알람이 떴다. 이미지 파일이 도착했다는 문구가 핸드폰 상단을 차지하고 있었다. 익숙한 손놀림으로 대화창을 지워버렸다.

다음날 대행사 사람이 회사로 찾아왔다. 오랫동안 이동진과 일해온 사람이었다. 걱정스러운 목소리로 이동진의 안부를 물어왔는데, 오히려 묻고 싶은 건 나였다. 이 사람에게는 뭔가 귀띔이라도 하지 않았을까. 그는 업무 연락망에 이름 대신 '물음표'라는 별명으로 적혀 있었다. 이동진은 그 옆에 별표를 세 개나 그려넣고 주의사항을 적어놨다.

'포그 머신 씨오투 몇 발 쏘는지 반드시 확인할 것. 저번에 스무 발 쏜다 그래놓고 열다섯 발밖에 안 쏨.'

이동진의 필체가 이렇게 엉망이었는지 싶었다. 삐뚤빼뚤한 글씨로 파타야의 비치 체어 위에 드러누워 「혁명」을 적고 있을까. 다시 만나면 반드시 내 손으로 목을 조르고 싶었다.

"기타는 알아봤는데, 꼭 오부리를 찾으시는 건지? 밤에 일하고 낮에 자는 분들이라 좀 비싼데?"

"아니, 그냥 기타 칠 줄 아는 사람 보내달라는 거죠."

"아? 그런 거라면 아주 적당한 사람이 있는데? 미팅 날짜를 내일로 한번?"

"됐고, 그분한테 우리 본부장 연락처 넘겨줘요. 자기들끼리 시간 맞춰서 연습하게."

"아? 그럼 그 건은 그렇게 진행하고? 비전 버튼 누를 때 회장님 뒤에 떨어질 현수막? 시안대로 깔끔하게 나왔는데? 한번 보실래요?"

말끝마다 의문형으로 올려붙이는 어투에 도무지 적응이 되지 않았다. 물음표가 태블릿 화면을 손가락으로 밀어 사진 한 장을 보여줬다.

'생산력 무한 증대의 원년으로 전 사원 올인'

올인이라니. 보는 순간 웃음이 나왔다. 아주 재미없는 농담을 들었는데 어이가 없어서 나오는 헛웃음이랄까. 바카라 테이블에 앉아 진지한 표정으로 카드를 쪼는 차남의 얼굴이 상상되고, 현수막을 본 왕회장이 경기를 일으키는 장면도 비디오처럼 떠올랐다.

"이과장이 컨펌한 거예요?"

"물론 그렇겠죠? 이제 황금돼지해니까 돈도 잔뜩 쌓아놓고? 황금 동전이네? 잘 나왔죠?"

"아니. 이거 칩이에요."

물음표는 "칩이구나?" 하면서 화면을 넘겼다. 아, 혁명은 난폭한 것. 멀쩡한 사람 환장하게 하는 것. 나는 이동진 과장의 혁명이 어떤 대의의 측면에서라기보다 지극히 개인적이고 사소한 오해들로 말미암아 망해버리길 기원했다. 물음표에게 이 현수막은 못 쓴다고 말했더니, 금방이라도 울 것 같은 표정이 돼버렸다.

"사흘 만에 어떻게 다시 찍어요? 이런 대형 현수막을 어디서? 인쇄소는 전부 연말 물량 마치고 휴가들 갔는데?"

커다란 그림이라면 생각나는 사람이 한 명 있었다.

문래동의 폐업한 공장을 개조해 만든 박종수의 작업실은 제법 소호의 플랫 같은 느낌이 났다. 구석에 간이침대와 햇반이 쌓여 있는 걸 보고 생활공간이기도 하다는 걸 알 수 있었다. 동일한 디자인의 개량한복이 줄줄이 걸린 행어에 투명한 비닐 막이 쳐져 있었다. 그러고 보니 음성에 있는 박종수의 본가에 가서 밥을 먹고 온 것이 기억났고, 짧게 만난 사이에 할 건 다 했구나 싶었다.

"부모님은 건강하셔?"

내 질문에 박종수는 씁쓸한 웃음을 지으며 대답했다.

"그냥 그렇지 뭐. 너 우리집 수박밭에서 잡초 뽑았던 거 기억나? 요샌 그 자리에 선인장 키워."

"그렇구나."

"응."

"힘드시겠다."

"다들 힘들지 뭐."

"……"

"그럼 필요해서 왔지? 갑자기 연락하는 사람들은 그거밖에 없더라."

박종수가 사람 좋게 말해서 조금 안심이 됐다.

"으응. 내가 올해, 그, 신년 행사를 담당해서 말야."

"어떤 행사?"

"으응, 회사 행사. 그니까…… 우리 노조…… 노조 창립 이십주년 행사야."

박종수의 얼굴에 회한 비슷한 것이 잠시 어렸다가 사라졌다.

"그래도 영주 너는 노조 열심히 하는구나. 우리 손잡고 선도투 나가던 게 엊그제 같다. 내가 그림 계속한다고 했을 때 비웃는 사람 많았다. 차라리 자기 따라서 상급 단체에 가지 뭐하는 거냐고. 그런 놈들 전부 연락 끊긴 지 오래야."

“그치 뭐. 동진이는 간데없고. 그런 거지.”

박종수가 낑낑대며 펼친 그림은 공장의 벽 한 면을 다 차지하고도 남을 정도로 컸다. 몇 년 전이 청마의 해라고 그랬던 기억이 나는데, 그때 쓴 그림인 듯했다. 힘차게 달리는 말 한 쌍이 갈기를 휘날리고 있었다. 그 앞에 노란 안전모를 쓴 남녀가 오른손을 높이 치켜들고 서 있었다. 무엇보다 그림 위에 쓰여 있는 문구가 무난한 게 마음에 들었다. ‘어깨를 걸고 다 함께 전진’. 이거라면 비전 선포식 때 쓰고 창고에 넣어뒀다가 체육대회 때 또 써도 될 만큼 범용성이 있었다.

“형, 너무 마음에 든다. 근데 뭐랄까, 시간은 별로 없지만 혹시 수정 같은 것도 돼?”

“간단하게는 가능하지. 뭐든 말해봐.”

“여기 보면, 오른팔을 들고 있잖아.”

“응.”

“왼팔도 들면 어떨까?”

“그럼 만세잖아.”

“응. 나는 옛날부터 만세가 좋더라. 만세 좋지 않니? 세상의 기운을 두 팔 벌려서 한껏 받는 것 같고. 생각해보면 만세가 참 좋은 건데 요즘 사람들은 만세 할 일이 별로 없어서 그게 아쉬워. 만세는 촌스럽다, 옛날 사람들이나 하는 거다, 하는 그런 인식이 있는 거 같아. 이참에 만세 체조 같은 거라도 하나 만들어야 될까봐.”

"영주야 무슨 말인지 알겠어. 이거 노조 행사 아니지?"

"응…… 맞아. 이렇게 팔뚝질하는 그림, 조금 부담스러워."

"그래. 만세로 바꿔줄게."

잠시 뜸을 들이던 박종수가 내 눈치를 살피다가 느리게 입을 열었다.

"이혼하고서 네 생각이 제일 많이 났어. 아내랑 싸우고 부딪칠 때마다 네가 나한테 한 얘기들이 떠올랐거든. 스무 살의 나로부터 아직 한 뼘도 자라지 못한 것 같아. 지금 후회하는 것들 그때부터 알고 있었으면, 너랑도 잘될 수 있지 않았을까 그런 생각도 들고. 그렇다고 엉뚱한 생각 하고 그런 건 아니야. 그냥, 결혼한 사람도 그렇게 힘들어했는데 너는 어땠을까. 우리 둘 다 어렸고 아무것도 몰랐는데. 나 때문에 네가 많이 힘들었겠다 생각도 들었고."

"종수야. 우리 사귄 거 두 달밖에 안 되잖아."

"그렇지."

"사실 우리 사귄 것도 너한테 연락 와서 간신히 기억했어."

"그렇구나."

"응."

"잘 수정해서 보낼게."

박종수의 작업실을 나서며 어딘지 찜찜한 기분이 들었다. 그와 사귄 걸 간신히 기억했다는 건 거짓말이었다. 동아리방에 점점 가지 않게 된 건 박종수가 패장 선거에 당선됐기 때문이었다. 사귄 사람은 둘인데 욕은 나만 먹었다. 특별히 잘못한 일이 없는데도 그랬다. 굳이 따지자면 나의 죄목은 세 가지 정도 됐다. 첫째, 패장과 연애를 해서 조직의 총화를 저해한 것. 둘째, 사귀어놓고 두 달 만에 헤어져서 패장의 정신을 혼미하게 만들어 조직의 총화를 저해한 것. 셋째, 박종수가 남자이고 내가 여자인 것. 생각해보면 말도 안 되는 일이 너무 많았다. 망하지 않고 그림패가 유지된 게 이상할 정도였다. 그래도 일을 도와줬으니 나중에 밥 한 번 정도는 사야겠다고 생각했다. 그 정도면 충분한 것 아닌가. 사실 그것마저 썩 내키지는 않았다.

*

왕회장은 행사 시작 십 분 전에 도착했다. 좌우로 도열한 임직원의 박수를 받으며 입장하는 모습이 임금님 행차 같았다. 두루마기 밑으로 언뜻언뜻 보이는 검은 목단 지팡이가 아니었으면 나이를 짐작하기 힘들었을 만큼 위풍당당했다. 아침부터 강당을 분주하게 돌아다니던 물음표는 나를 보고 한달음에 뛰어왔다.

"대리님? 씨오투 서른 발 장착 완료? 만족?"

엄지를 치켜든 물음표의 주먹을 엄지를 치켜든 주먹으로 마주쳐주었다. 가지런히 놓인 의자와 깔끔하게 정돈된 단상을 한 화면에 담아 사진으로 남겼다. 메시지를 확인하지 않는 건 알고 있었지만 혹시나 하는 마음으로 이동진에게 전송했다. 박성광을 닮은 개그맨이 무대 위에서 요란스러운 리허설을 했다. 〈코미디 빅리그〉 촬영 마치고 바로 왔나 싶을 만큼 부산한 사람이었다. 활기가 있어서 나쁘지 않았다.

빼빼 마른 사장이 전년도 실적을 프레젠테이션하는 것으로 행사가 시작됐다. 전문경영인답지 않게 소심하고 옹졸한 구석이 있었는데, 그 덕에 사장으로 낙점된 거라는 평가가 지배적이었다. 모기처럼 가는 목소리를 커버하기 위해 볼륨을 키우라고 미리 일러뒀다. 콘솔 앞에서 물음표가 엄지를 치켜들었다. 연락망의 '물음표'를 '엄지'로 바꾸는 것도 나쁘지 않을 것 같았다. 끌려나온 듯 졸린 표정으로 자리를 채운 직원들이 근무복을 만지작거렸다. 문득 입사하던 날 이동진이 나를 데리고 공장 구석구석을 견학시켜줬던 기억이 났다. 마지막으로 데려간 곳은 구내식당이었다. 투명한 비닐을 덮어쓴 새 근무복에 내 이름이 수놓여 있었다.

"우리 회사는 하루에 네 끼를 준다. 야간 근무자들은 점심과 같은 메뉴의 밥을 받지. 휴무라도 언제든 와서 밥을 먹을 수 있어. 네 끼를 다 먹는다고 눈치 주는 사람도 없다."

이동진의 목소리에서 자부심이 느껴졌다. 새로 들여왔다는 급속냉각 기계를 설명할 때보다도 목소리에 힘이 들어가 있었다.

"하지만 평범한 사무직에겐…… 두 끼면 충분하지."

그때 이동진은 주임에서 과장으로 승진한 지 얼마 되지 않았었다. 회사에서 네 끼를 다 먹는 사람은 이동진과 경비 아저씨가 유일했다. 야근을 밥 먹듯 하는 그를 보며 사람들은 그가 밥을 먹기 위해 야근하는 게 아닐까 궁금해하기도 했다. 그는 정말로 회사를 사랑했던 거라고 생각한다. 누구에게나 좋았던 시절이 있으니까. 한때는 그럴 수도 있는 거니까. 그때 너무 많이 사랑해서 이제는 파타야로 갈 수밖에 없었던 게 아닐까.

총무팀의 맨숭맨숭한 합창 공연이 끝나고 기대를 한껏 모은 QC팀의 북청사자놀음 공연이 시작됐다. 귀를 찢을 듯 강렬한 태평소 가락에 맞춰 무대 위에 불기둥이 솟아올랐다. 콘솔에서 또 한번 엄지. 기획안에 불기둥은 없었는데 서비스로 넣어준 것 같았다. 상석에 앉은 왕회장의 어깨가 미세하게 들썩거리기 시작했고, 김부장은 흐뭇한 얼굴로 팔짱을 낀 채 무대 위를 바라봤다. 그때 사자탈이 박 쪼개지듯 열렸다. 용수철처럼 튀어나온 한 사람.

오정환 사원이 아닌가.

강렬한 비트의 댄스곡에 맞춰 현란한 안무가 시작됐다. 어느새 무대 위로 올라간 정중봉 명인이 오정환 사원과 합을 주고받으며 칼 같은 앙상블을 펼쳐 보였다. 웅성거리던 직원들의 환호가 점점 커졌다. 왕회장은 아예 자리에서 일어나 목단 지팡이를 머리 위로 흔들었다.

"오정환 재 뭐야. 휴직계 냈다며."

"지네 팀장이랑 쇼부 봤대. 보너스 오백 프로."

징 박힌 가죽조끼를 걸쳐 입은 본부장의 얼굴이 목까지 붉어졌다. 삼 개월 인턴으로 들어왔다는 기타 세션에게 괜히 성질을 부리며 단풍나무 드럼스틱을 신경질적으로 맞부딪쳤다. 김부장이 본부장에게 보일 듯 말 듯 수신호를 보냈다. 저기도 엄진가. 왜 다들 엄지를 올리지 못해서 안달인 거지. 어, 어, 뭐야 저거. 엄지가 아니라 중지구나.

광란의 무대가 끝나고 왕회장이 비전 선포 버튼 앞에 섰다. 노인네답지 않게 쩌렁쩌렁한 목소리로 입을 열었다. 감옥에 들어간 차남이 얼마나 힘든 나날을 보내고 있는지 말했다. 영어의 몸으로 차가운 바닥에서 잠을 청하는 아들 생각에 남가주에서도 잠을 이룰 수 없었다고. 하지만 정의는 반드시 승리할 것이며, 세상은 머지않아 능이맛 아이스크림의 진정한 가치를 알아보게 될 것이라고.

"여러분과 함께면 나는 외롭지 않습니다."

왕회장이 버튼을 힘차게 누르자 일제히 와! 하는 함성과 함께 포그 머신이 연기를 쏟아내고, 왕회장 뒤에선 대형 걸개가 펄럭이며 내려왔다. 힘차게 달리는 말 앞에서 두 팔을 높이 치켜든 남녀. 단상 좌측에서 본부장의 드럼스틱이 네 번 맞부딪치는 걸 신호로 기타 소리가 울려퍼지고 꽃가루가 사방에서 터져나왔다. 십오 년 전 새까만 투피스 정장을 입고 왕회장 앞에서 면접을 보던 내 모습이 아른거렸다.

“아이스크림이 뭐라고 생각하나.”

“영하에 피는 꽃입니다.”

“합격! 합격이야. 자넨 이미 출근해 있다.”

앰프 쪽에서 퍽 하는 소리가 나며 작은 불꽃이 인 것은 순식간의 일이었다. 기타 소리가 갑자기 멎었고, 철컥, 누전차단기 내려가는 소리가 총소리처럼 크게 울렸다. 비상 발전기가 웽, 하고 돌더니 강당 곳곳에 설치된 보라색 비상등이 켜졌다. 좀전까지는 보이지 않던 걸개그림 위의 붓질이 기다렸다는 듯 형광염료를 반짝거렸다. 절도 있는 선전풍의 글씨였다.

‘영주야 사랑해’

박성광을 닮은 개그맨은 호들갑을 떨며 와, 대박, 이 회사 진짜 대박이다, 영주씨 누구세요, 영주씨 얼른 앞으로 나오세요, 하며 어두운 무대 위를 돌아다녔다. 연기가 한꺼번에 너무 많이 나와 앞이 보이지 않았다. 무대 한가운데서 부르르 떨고 있는 왕회장의 등이 희미하게 보였다. 미처 몸을 빠져나가지 못한 전류가 두루마기 자락 아래서 휘몰아치고 있었다. 아, 혁명은 짜릿한 것. 어느새 내 옆에 다가온 이동진이 어깨를 두드렸다. 방금 물에서 나온 듯 젖어 있었고, 오리 모양 고무 튜브에는 미역이 감겨 있었다. 이동진은 거의 울먹이며 떨리는 목소리로 말했다.

“정대리야, 이렇게 황홀한 행사는 내 평생 본 적이 없다.”

"과장님, 우리 삶에 더 아름다운 일이 아직 많이 남아 있어요."

"정말?"

"네, 정말이라니까요."

나는 이동진의 손을 잡고 공장 정문을 향해 뻗어 있는 레드 카펫 위로 걸음을 옮겼다. 본부장도, 김부장도, 사장도 어느새 우리 옆에 와서 박수를 쳤다. 오정환 사원이 발레 하듯 경쾌한 동작으로 춤추며 우리 앞에 종이 꽃가루를 뿌리고 지나갔다. 우리는 일곱 가지 색 아이스크림으로 만든 얼음 무지개 위를 건너 능이버섯으로 가득찬 천상의 정원에 닿았다.

정신을 차린 건 주머니 속에서 울린 핸드폰의 진동 때문이었다. 희수였다. 서서히 연기가 걷히고 무대가 드러났다. 본부장이 왕회장 위에 올라타 헛둘셋넷 하며 CPR을 하고 있었다. 전화를 수신거부로 넘겨버렸다. 일일구! 일일구! 나는 옆 사람의 소맷자락을 붙잡고 외치다가 무대를 향해 달리기 시작했다. 뒤에서 누가 쫓아오기라도 하는 것처럼 뛰었다. 전화가 다시 울렸고, 무대 위로 뛰어오르며 통화 버튼을 눌렀다.

"희수야, 엄마 지금 바빠."

"엄마, 우리집 가훈이 뭐야? 도덕 숙젠데."

의식이 돌아온 왕회장이 침을 흘리며 허공을 응시하고 있었다. 그러더니 옆에 있던 본부장을 밀쳐내고 벌떡 일어나 외쳤다.

"혁명은 나른한 것."

본부장이 멍한 표정으로 왕회장에 이어 읊조렸다.

"몸을 적신 비처럼 젖어오는 것."

김부장이 우주의 기운을 끌어안듯 두 팔을 벌리며 말했다.

"그대 앞에 놓인 커피 비스킷이 우유에 잠길 때."

정중봉 명인이 오른손으로 도포 자락을 휘어 감으며 다음 구절을 이어갔다.

"내 주먹은 담금질한 쇠처럼 파국을 찢고."

여기저기서 혁명이란 단어가 울려퍼졌다. 누군가 팔뚝을 힘차게 올리며 소리쳤다.

아이스크림의 혁명 능이바 만세! 만세! 만세!

공장은 굵고 낮은 두 음절의 단어로 가득찼다. 까불던 사회자도 어느새 거룩한 표정으로 만세를 외치고 있었다.

"희수야."

"응, 엄마. 가훈 뭐냐고. 왜 그렇게 시끄러워."

"혁명이다."

희수의 짜증이 전화 너머로 생생히 전해졌다.

"그게 뭐야. 구리잖아."

699.77

장마철 물류단지는 과열된 아이스크림 기계 같다. 당장에라도 터질 것 같지만 웬만해선 고장나지 않는다. 오늘의 일은 어제처럼 순조롭고 반장의 얼굴에는 따분함이 묻어 있다. 나와 K는 짝을 이뤄 상차 작업을 한다. 상자를 나르던 K가 손을 놓고 가만히 서 있다. 멍한 눈을 봐서는 틀림없이 딴생각을 하는 자세다. 반장이 고개를 가로저으며 K의 곁을 지나간다. 정신없이 바쁠 때도 K와 나는 경쟁하듯 딴생각을 한다. 어쩌면 우리는 딴생각을 하기 위해 일을 나오는 건지도 모르겠다. 아무 생각도 하지 않는 건 모든 걸 생각하는 것만큼 어려운 일이다. 정확한 생각을 하는 것에 자신이 없다면 딴생각을 하는 수밖에 없다. 나는 딴생각을 정확히 하는 것을 좋아하는 편이다.

물류단지는 놀랍도록 거대한 하나의 기계처럼 움직인다. 실은 거대한 기계 여러 대가 그럭저럭 맞물려 있는 거다. 배송지에 따라 분류된 짐이 레일을 타고 내려온다. 레일은 기계의 힘과 중력을 모두 이용하기에 적합한 장치다. 그 위에 손을 대고 밀면 주판알처럼 매끄럽게 구른다. 나는 숫자에 약해서 주판을 생각하면 이유 없이 주눅이 든다. 가방에 주판을 넣고 다닐까 생각한 적도 있다. 교회 다니는 사람이 십자가 목걸이를 지니는 것과 비슷한 마음이다. 사람들은 두려워하는 것을 가까이 두려고 하는 경향이 있고, 거기에는 나름의 이유가 있을 것이다. 딴생각을 하는 동안 상자 하나가 레일 밖으로 떨어진다. 흔들리는 상자는 저마다 다른 소리를 낸다. 나는 숫자에 약하지만 소리에는 강하다.

상자를 흔들어 내용물을 짐작해본다. 바코드를 찍고 레일 위에 다시 놓는다. 송장이 보이지 않는 상자는 반 바퀴 돌리고, 레일 밖으로 떨어지지 않도록 줄을 맞춘다. 손이 컨베이어 벨트보다 느리면 레일 밖으로 물건이 넘친다. 뛰지 않는데도 숨이 찬다. 그래도 바코드를 찍는 건 상자를 나르는 것보다 힘이 덜 든다. 무거운 상자를 빠르게 쉬지 않고 들어야 하는 상차는 죽을 만큼 힘들다. 그래서 K와 나는 번갈아가며 바코드를 찍는다. 500개를 채우면 임무를 교대한다. 그렇게 열다섯 번 정도 자리를 바꾸면 새벽 여섯 시가 되고 퇴근 시간을 알리는 벨이 울린다. 숫자를 세다보면 머리가 멍해지고 집중력을 잃는다. 400을 넘기면 더 헷갈리기 시작하는데 그럴 때 나는 무조건 400으로 되돌아간다. 나는 확실히 소리에 강하지만 숫자에 약하다. 그래서 평소에도 숫자를 연습한다. 오늘의 기분은 77. 바코드를 찍는 손이 뻣뻣해진다. 입력기를 놓치지 않기 위해 손목에 힘을 준다. 입이 마르고 무릎이 저리다.

K가 밀려드는 짐에 대고 혼잣말을 한다. 정확히 들리진 않지만 욕이 섞여 있는 것 같다. 그나마 손발이 맞는 사람과 같이 일하는 건 다행스러운 일이다. 그와 다른 곳에서 만난 적이 있다고 생각해볼까. (그렇게 생각하다보면 어느 순간 정말로 그런 것 같다.) 우리는 같은 시설에 갇혀 하루종일 기계들에게 괴롭힘을 당한 거다. 기계는 정교한 인격의 소유자로 관절기를 능숙하게 구사했다. K와 나는 친해질 기회 없이 묶여 있기만 했지. 간단한 질문으로 시작한 심문은 시간이 갈수록 고문이 되었다. 나를 비롯한 수감자들은 대답할 수 있는 게 아무것도 없었다. 왜냐하면 아는 게 아무것도 없었으니까. 우리는 쇠사슬에 묶인 두 팔을 날개처럼 뒤로 뻗고 무릎을 꿇었다. 그런 자세를 상정하는 건 변명할 수 없는 클리셰지만 어쩐지 마음에 든다. 벌을 받는 사람이 무릎을 꿇는 건 여러 문화권에서 공통적으로 드러나는 양식이다.

그러니까 우리는 아마도, 외국 총리의 비밀 사절과 혁명 지도부의 접선을 주선한 혐의를 받고 같은 날 다른 장소에서 체포되어 그곳에 도착했을 것이다. 나는 혁명이란 단어에 추상적으로 공감했지만 혁명적인 과업에 참여하거나 의식화 교육을 받지는 않았다. 지도부와 같은 지역에 살고 있거나 먼 친척이라거나 하는 등 관계없는 관계를 추궁당했다. 그곳은 대단히 높은 건물들에 둘러싸인 삼층짜리 건물이었다. 우리는 이층과 삼층 사이 숨겨진 공간에서 날짜도 알지 못한 채 감금돼 있었다. 정사각형의 방은 사면에서 시멘트 냉기를 뿜어냈고 묶여 있는 벽 맞은편에 창문이 나 있었다. 폭이 일 미터 남짓 되는 그 창으로 다른 건물의 유리 외벽에 난반사된 빛이 낮 내내 쏟아져들어왔다. 제복 대신 캐주얼한 차림을 한 감시병들이 삼교대하며 수감자들의 원활한 인신구속을 관리했다. K는 아마도 바로 내 옆자리에 묶여 있었지. 그랬던 거 같아.

아직도 오백 개 안 됐어? K가 묻는다.

거의 다 됐어. 나는 대답한다.

K가 의심 섞인 눈초리로 나를 노려본다. 공격적인 말투는 고치기 힘든 습관이다. 기계들은 반항할수록 가혹하게 굴었다. 특히나 피해를 본 건 아무래도 K였다. 그의 팔에 묶인 쇠사슬은 곧잘 노래방 탬버린처럼 찰랑거렸다. 노래 부를 기분이 나지 않아 아무짝에도 쓸모가 없었다. 지킬 만한 비밀도 없으면서 왜 그랬던 거지? 그는 원래부터 모든 일에 공격적으로 반응하는 사람인 것 같다. 400으로 몇 번씩 되돌아갔으니까 K의 신경질에 근거가 없지 않다. 내가 한 약속은 500이란 숫자에 있을 뿐 도달하는 과정은 포함하지 않는다. 나는 아무리 연습해도 500번 만에 500을 세지 못

한다. 덕분에 체력을 조금이나마 아낄 수 있다. 이 일에는 첫번째로 요령이 필요하고 두번째가 체력이다. 체력은 일을 나올수록 줄어들게 마련이라 가능한 한 요령을 늘리는 편이 현명하다. 일을 버티지 못하고 도망가는 사람도 있다. 그들은 요령과 체력 중에 한 가지도 가지지 못한 거다. 도망자들은 버스도 지하철도 끊긴 밤거리를 오래 걷는다. 빈 지갑에서 택시비를 쥐어짜내면 내일을 기약할 수 없다.

K라고 500을 세는 데 성실한 건 아니다. 어찌됐든 나는 500을 정확히 세고 신호를 보내지만, 그가 어느 숫자에서 멈추는지 나로서는 알 수가 없다. 허기 때문에 420 근처에서 숫자를 잃는다. 나는 또 400으로 돌아간다. 밥을 먹고 왔지만 자정이 되기 전에 배가 꺼진다. 즙처럼 땀을 쏟아내고 몸을 계속 움직이니 당연한 일이다. 여섯 시간 버티면 밥을 주는데 식사 시간은 시급을 쳐주지 않는다. 밥값을 받지 않으니 한 시간과 밥을 맞바꾸는 셈이다. 맘에 드는 반찬은 누구의 맘에나 들어서 직원이 직접 나눠준다. 나는 그게 억울하고 치사한데 직원이 아닌 이상 도리가 없다. 갇혀 있는 동안 먹었던 식사가 차라리 훌륭했다. 마라탕을 처음 먹어본 것도 그곳에서였다. 왜 하필 마라탕이냐 하면 거긴 중국이었으니까. 혹은 중국을 모방한 어떤 도시거나 적어도 중국적인 장소였을 것이다. 창문 밖에 용이 날아다녔기 때문이다. 날개 없이 몸을 꼬며 날아다니는 거로 봐선 분명 중국 용이었다. 창문에 빠끔히 얼

굴을 들이밀고 강아지처럼 혀를 날름거렸다. 쭈쭈쭈 하고 입소리를 내다가 감시병의 채찍을 맞고 살이 벌어졌다.

마라탕을 수레에 싣고 오는 건 59와 29였다. 29는 눈썹이 짙고 눈이 째져서 인상이 날카로웠다. 경박한 몸놀림을 보면 일본원숭이가 떠오르기도 했다. 그 녀석은 뭐가 불만인지 늘 입을 삐죽 내밀고 있었다. 어린 게 이빨은 전부 누리끼리했다. 59는 29보다 훨씬 어른스러웠고 실제로도 어른이었다. 이제는 정말로 500을 센다. K가 내게 항의한다.

칠백 개는 한 거 같은데.

진짜 오백이야.

알겠어. 이제 내 오백을 받아봐. 오늘 메뉴 뭔지 알아?

왜 하필 칠백이야?

팔백까진 아닌 거 같아서.

그걸 어떻게 알아?

K는 내 질문에 대답하지 않고 바코드 입력기를 뺏어간다. 나는 레일 끝에 서서 상자를 트럭 안으로 옮기기 시작한다. 크고 무거운 상자는 벽을 쌓듯이, 가벼운 건 벽 앞에 기대놓듯이 한다. 물렁한 박스가 찌그러지거나 터지지 않도록 주의한다. 차가 흔들려도 짐더미가 무너져내리지 않게 빈틈은 작은 상자로 메운다. 처음 얼마 동안만 그렇게 하고 나중에는 그냥 던진다. 안쪽부터 차곡차곡 최대한 많은 짐을 실으면 그만이다. 당신이 보낸 물건이 걱정되면

퀵으로 쏘든가, 직접 갖다주든가, 아니면 아무것도 보내거나 받지 말아야 한다. 나는 정말로 그렇게 생각한다. 진흙탕에 발을 들여놓으면 아무리 조심해도 젖을 수밖에 없는 거다. 양말만큼은 젖지 않았으면 해서 장화를 신어도 결국엔 다리에서 흘러내린 물이 스며들게 마련이다. 운좋게 물이 튀지 않았대도 발바닥에 난 땀 때문에 양말이 축축해진다. 당신은 절대로 양말을 구해낼 수 없다. 모쪼록 택배를 부칠 때는 젖은 양말을 보낸다는 심정으로 해야 한다.

오뎅조림이랑 미역무침.

나는 뒤늦게 K의 질문에 대답한다. 자정이 멀지 않았다. 물건은 점점 느리게 떨어지고 머지않아 컨베이어 벨트는 잠시 멈출 것이다. 곧 쉴 수 있다는 일념으로 힘을 내본다. K는 좀 억울하겠지만 누구든 시간에는 속수무책이다. 흔들리는 상자는 수다스럽게 부스럭대고 대체로 자음이다. ㅌㄹㅂ. 두 번 흔들면 ㅌㄹㅂ ㅌㄹㅂ 한다. 담배꽁초가 들어 있는 게 분명하다. ㅁㅇㄷ. 여기도 담배꽁초가 들어 있다. ㅎㅅㅅ. 표면에 물이 맺힌 아이스박스가 두 손을 적신다. 어제 잡은 담배꽁초가 상해가고 있다. 사람들은 서로에게 담배꽁초를 보낸다. 뜯어보지는 않았지만 분명히 그럴 것 같다. ㄴㄹㅌ. 귀에 익은 소리다. 솥단지를 밀고 오던 29의 발소리다.

눈이 찢어진 29는 반장과 닮았다. 29 새끼는 내 몫으로 떠놓은 마라탕에 침을 뱉곤 했다. 그 새끼의 표정이 지금도 생생히 기억난다. 원래 당한 놈은 절대로 잊어버리지 않거든. 어째선지 59의 얼굴은 기억나지 않는다. 뭉개놓은 밀가루 반죽처럼 뿌옇게만 떠오른다. 그에 대해 아는 것이 별로 없는 것처럼 59라는 숫자에 대해서도 아는 것이 없으므로 적절히 매긴 번호라고 생각된다. 59가 마라탕을 발치에 놓으면 감시병이 사슬을 풀어줬다.

국물이 모자라면 얘기해. 더 갖다줄 테니까.

59는 감정이 느껴지지 않는 투로 말했다. 고맙다고 인사할 틈도 없이 허겁지겁 국물부터 들이켰다. 그곳에선 아침저녁으로 한 컵씩의 물만 줬다. 언제나 목이 말랐다. 뜨겁고 얼얼한 국물을 들이켜자 갈증은 더욱 심해졌다. 59가 눈짓을 하면 비열한 29가 솥을 가져와 국물을 퍼주었다. 그사이 얼마나 침을 뱉어댄 건지 거품이 보글보글 올라와 있었다.

건더기를 많이 먹어. 그래야 건강해져.

그런 말을 할 때 59는 교양 있어 보였다. 59는 감시병이 내어준 의자에 앉아 있었다. 뜨거운 국물로 배를 채우자 온종일 시달린 몸이 풀리고 노곤해졌다. 59에게 탈출에 필요한 일말의 정보라도 얻을 수 있을까 싶어 표정을 살폈다. 눈이 마주치자 어쩐지 쑥스러워서 고개를 돌렸다. 탈출에 관해서는 그곳에 도착한 순간부터 성공하기까지 매 순간 궁리했다. 갇혀 있는 사람이 탈출에 관해서 생각하지 않으면 가두는 쪽이나 갇혀 있는 쪽이나 의미를 발견할 수 없기 때문에 꼭 필요한 일이었다. 하지만 59의 얼굴은 언제나 물음표였고, 재수없는 29는 팽이처럼 빙글빙글 곁을 돌았다. 식사를 마치면 감시병이 손목에 다시 쇠사슬을 채웠다. 59와 29는 빈 그릇을 수거해 ㄴㄹㅌ ㄴㄹㅌ거리며 복도를 건너갔다. 자정을 알리는 벨이 ㄹㄷㄱ ㄸㄹㄷ 울린다. 이곳에서는 최소한 세 개의 시간이 서로 다르게 흐르고 있다. 바코드를 찍는 그의 시간. 물건을 쌓는 나의 시간. 마침내 다가온 밥의 시간.

사람들이 약속이라도 한 듯 일손을 놓는다. 실제로 모두가 약속을 한 것이다. 자정에 밥을 먹는다는 약속을 말이다. 구내식당으로 향하는 사람들 틈에 섞여 걷는다. K가 주먹으로 내 옆구리를 친다. 내가 상자를 얼마 나르지 않고 쉬는 게 맘에 들지 않는 모양이다. 새벽이 깊어질수록 힘이 떨어지기 때문에 내게는 고무적인 일이다. 물론 그는 500을 넘긴 뒤에 교대 신호를 보내겠지만, 나 역시 바코드를 찍으면 400으로 자꾸만 돌아갈 것이다. 오늘의 반찬을 소리로 확인한다. 질척거리는 미역무침이 귀에 들어온다. 나는 밥을 많이 담고 K는 김치를 많이 담는다. 오뎅조림을 나눠주는 직원의 표정에 결기가 서려 있다. 나는 숟가락보다 크게 밥을 떠서 단맛이 날 때까지 씹고, K는 숟가락 반만큼 밥을 떠서 알약 넘기듯이 꿀꺽 삼킨다. 77, 77, 자꾸만 되뇌며 반찬에 손을 뻗는다.

눈꺼풀이 떨려. K가 말한다.

영양실조 아닌가? 가서 밥 더 받아와.

손도 떨린다.

그럼 너 오늘은 바코드만 찍어. 상차는 내가 다 할게.

진심이야?

아니.

무릎이 저릿저릿해. 분명히 새벽에 쓰러질 거야.

죽는 거 아니야?

죽기 전에 발가락이 부러졌으면 좋겠다. 병원비는 주겠지?

너 없으면 일은 어떻게 해.

반장이 다른 사람 넣어주겠지.

나는 밥 한 숟가락을 크게 떠 입에 넣고 오래 씹는다. K의 식판에 오뎅조림을 덜어준다. 밥을 꿀떡 넘기는 K의 왼쪽 눈꺼풀이 희미하게 떨린다. 젓가락을 쥔 내 손도 여전히 뻣뻣하다. 젓가락은 12. 국은 간이 된 정도에 따라 1 또는 9. 담배는 11. 기분은 여전히 77이다. 77에 33을 더하면 100이 될 거 같은데 그렇지 않고 넘친다. 그래서인지 77은 슬프지만 33은 쾌활하다. 숫자에 대해 깊이 생각할수록 묘한 기분이 든다. 몇 숟가락 만에 밥을 다 먹는지 세다가 잊어버렸다. 이제까지 한 번도 성공한 적이 없다. 우리는 퇴식구 앞에 나란히 서서 식판에 남은 오뎅조림의 양념을 긁어낸다. 비를 피해 흡연구역 지붕 아래 모인 사람들이 담배꽁초처럼 빽빽하다. 담배는 11. K는 담배를 피우기 전 필터 끝으로 앞니를 두드린다. 나는 담배를 피우지 않아서 아무 말이나 한다.

생각해봐. 여기가 지금 미국이고 애틀랜타에 있는 페덱스 물류창고라고 쳐봐. 시급이 육 달러고 열두 시간 일해. 근데 밥 먹는 시간은 시급에 안 쳐줘. 그리고 일이 존나게 힘든 거야. 노가다도 이렇게는 안 해. 내가 여름에 비닐하우스에서 수박도 따봤거든? 근데 이게 훨씬 빡세. 이런 일을 쉬지도 않고 여섯 시간 해. 밥 먹는다고 한 시간 쉬었다가 다섯 시간 더 하고 새벽에 퇴근시켜. 그럼 어떻게 될 거 같아? 여기가 미국이면?

모르지.

페덱스 사장이 상원 청문회에 끌려갈 거야.

니가 어떻게 알아.

미드 보면 알지.

그럼 어떻게 되는데.

페덱스는 좆 되는 거겠지.

그래서 어쩌라고. 때려치울 거야?

우리는 상원이 없잖아. 그래서 망할 거야.

그는 검지와 중지 사이에 담배를 끼운 채 허공을 본다. 왼팔을 배에 걸쳐 오른팔을 받치고 있다. 상원에 대해 생각하는 대신 내가 알지 못하는 딴생각을 하고 있는 것 같다. 나는 그에게 상원에 대해 말하기를 포기한다. 담배꽁초에 대해 생각한다. 흡연구역에 쌓여 있는 담배꽁초를 정리해서 택배로 부치는 사람이 있을 것이다. 상원에게 택배를 보내려면 주소를 어떻게 적어야 할까. 상원은 몇 명일까. 백 명? 이백 명? 상원이 없다는 건 치명적인 약점인 게 분명하다. 차라리 중국에서 태어났으면 어땠을까 싶다. 거기에는 다양한 위원회가 있고 운이 좋으면 당원 자제로 태어날 수도 있는데. 일본은 쇼윈도에 전시된 마네킹 같다. 일본에도 상원이 있지만 건담이 있다는 것과 비슷한 느낌이다.

식사 시간이 끝나고 밍기적거리다 라인으로 돌아간다. 반장이 웃통을 벗고 짐을 나르고 있다. 우리 라인에서 한 명이 밥을 먹고 도망갔다. 반장은 웬만큼 일이 급하지 않은 이상 물건을 나르지 않는다. 나와 비슷한 또래거나 조금 어려 보이는데 벌써 반장이라니 부러울 따름이다. 일당도 나보다 많을 것이다. 그가 등에 용 문신을 하고 있기 때문에 반장이 된 게 아닐까 생각해본다. 아직은 윤곽선만 또렷하게 새겨져 있지만 차근차근 색을 채워넣을 거라고 들었다. 눈썹이 짙고 눈이 째진 29도 그곳에서 반장이나 그보다 좋은 자리를 차지하기로 돼 있었다. 그래서 마라탕에 침을 뱉어도 아무도 뭐라 하지 않았다. 반장은 일을 하지 않으면 아주 하지 않지만 막상 일하기 시작하면 정말로 열심히 한다. 그런 책임감이 그를 반장으로 만든 것이라고 생각을 고쳐먹는다.

나는 다시 레일 끝에 선다. 컨베이어 벨트에 무거워 보이는 종이 포대가 연이어 떨어진다. K가 춤추듯 빠르고 정확하게 바코드를 찍는다. 이곳에서는 이십 킬로 이하의 물건만 취급하게 돼 있다. 다시 말해 이십 킬로짜리는 얼마든지 있다는 얘기다. 종이 포대에 '국민 모래'라는 상호가 적혀 있다. 국민들이 모래를? 그래, 충분히 있을 수 있는 일이다. 국민들은 쌀이나 3단 행어나 담배꽁초 같은 다양한 재화를 필요로 하니까. 누군가 모래를 주문한다고 해서 이상할 건 전혀 없다. 집 앞에 모래성을 쌓아야 할 사정이 있는지도 모르고, 담배를 끄기 쉽게 모래 무덤을 만들고 싶을 수도 있다. 하지만 너무 많다. 이 국민은 왜 이렇게 많은 모래를 주문한 걸까.

모래에서 규소를 뽑아 폭탄을 만드는 테러리스트의 얼굴을 생각해본다. 그는 평범한 노인으로 행세하면서 허물어진 담벼락을 고치지 않고 있다. 그래야 마당에 모래를 쌓아놓을 수 있기 때문이다. 국민 모래를 스무 포대째 옮기다가 헛구역질이 올라온다. 답답한 화물칸에서 나와 숨을 고른다. 바코드를 찍던 K가 멋쩍은 표정으로 나를 본다. 그렇다고 나를 도와주러 올 수도 없는 노릇이다. 선의나 악의와 상관없이 계속돼야 하는 일들이 있다. 반장과 눈이 마주친다. 힘내라는 뜻인지 나를 보며 고개를 끄덕인다. 중간관리자는 대체로 포악하고 성미가 거칠지만 하급 관리자는 경우에 따라 다르다. 그렇다고 반장의 야비해 보이는 얼굴이 마음에 드는 건 아니다.

반장이 어린아이만한 모형 자동차를 어깨에 멘다. 저걸 타는 아이도 꼭 저만할 것이다. 반장의 등에서 채색하지 않은 용 문신이 꿈틀거린다. 발톱을 움켜쥔 여러 개의 발을 허우적거리며 몸을 꼰다. 몸이 굵은 장어를 작은 대야에 넣어둔 것 같다. 첨벙거리는 소리가 내가 있는 자리까지 들리는 것 같다. 마지막 국민 모래를 옮기고서 겨우 허리를 펴본다. 척추에서 병뚜껑 따는 소리가 난다. 바코드를 찍던 K가 손에서 입력기를 놓친다. 반장이 모형 자동차를 던지듯 내려놓는다. 한꺼번에 많은 소리가 겹치며 이명이 시작된다. 물류단지의 모든 기계가 순식간에 멈춰버린 것 같은 기분을 느낀다. (하지만 아무것도 멈추지 않았다.) 소리는 삼 초 정도 지속되다 사라진다.

용이 반장의 등을 뚫고 나온다.

물기 나는 소리를 내며 바닥에 떨어진다.

아무도 보지 못했다. 오직 나만 목격한 것이다. 뱀이라고 하는 게 적절한 크기의 용이다. 시대와 환경이 변했으므로 과거처럼 거대한 용을 기대하는 것은 무리다. 날아가는 대신 기어가는 용에게 무슨 사연이 있는지 함부로 상상하기도 힘들다. 2.5층의 창문가를 서성이던 용을 떠올린다. 쭈쭈쭈, 해보지만 작은 용은 돌아볼 생각도 않는다. 좌우로 부지런히 몸을 흔들며 기계 아래 어두운 곳으로 사라진다. 딱 한 번 용이 창문을 넘어 내 앞에 온 날이 있었다. 그날 우리는 그곳을 탈출했다. 59와 29가 평소보다 늦게 마라탕을 가져온 날이었다. 29는 어디서 맞고 왔는지 오른쪽 눈에 커다란 멍이 피어 있었다. 녀석이 심술맞은 표정으로 국물 통에 모래를 뿌렸다. 건더기와 국물을 섞어 한 그릇씩 우리에게 퍼주었다.

59는 그날따라 안절부절못하고 부산을 떨었다. 우리가 지내는 방을 구석구석 살피며 뭔가를 찾는 눈치였다. 마라탕을 그릇째 들이켜는데 길쭉한 쇳조각이 이빨에 부딪혔다. 그대로 삼켰다면 식도에 구멍이 날 뻔했다. 나는 그걸 혓바닥 아래 감추고 마라탕을 깨끗이 비웠다. 어쩌면 59가 찾고 있는 게 그것일지도 모른다는 생각이 들었다. 59가 걸음을 옮길 때마다 쇠가 부딪히듯 삐거덕거리는 소리가 났다. 나는 59에게 쇳조각을 건네줄까 잠시 고민했지만 선의를 베풀 만큼 호의를 제공받은 것도 없었다. 59는 울 것 같은 표정으로 그릇들을 챙겨 나갔다. 그날 밤 감시병이 졸고 있는 걸 확인하고 쇳조각을 구속구에 채워진 자물쇠에 넣었다. 믿기 힘들 만큼 부드럽게 손을 묶고 있던 사슬이 풀렸다.

탈출을 즉시 결행할 엄두가 나지 않았다. 지금은 졸고 있지만 감시병은 언제든 깨어날 수 있었고, 건물을 빠져나가는 동안 우리를 고문하는 기계와 마주치지 않으리란 법이 없었다. 소리가 나지 않도록 발끝을 세우고 걸으면서 함께 묶여 있던 동료들의 손목을 차례로 풀어줬다. 흥분한 K가 쇠사슬로 탬버린 소리를 낼까봐 마음이 조마조마했다. 그때 창문 쪽에서 꿈틀대며 기어오는 용이 보였다. 창을 통과하는 동안 강아지만큼 작아진 것이었다. 배로 바닥을 밀어내며 우리 쪽으로 다가온 녀석이 폴짝 뛰어올라 졸고 있던 감시병의 목에 뿔을 찔러넣었다. 커다란 몸뚱이가 의자에서 흐르듯 무너져내렸다. 나는 감시병의 상태가 생사가 위태로울 정도인지 궁금했지만 확인하지는 않았다. 우리는 오랫동안 묶인 채로 고문

받은 탓에 제대로 걸을 수가 없었다. 앞장선 용을 따라 창문을 향해 기어갔다. 2.5층은 생각보다 높았다. 탈출은 달의 인력을 이용했던 것으로 생각된다. 포물선을 그리며 땅에 닿은 우리는 사이렌이 울리지 않는 것을 확인하고 서로를 끌어안았다. 하지만 구체적인 대화 거리를 생각해내지 못했으므로 이내 어색하게 헤어졌다.

탈출 후에는 생각보다 복잡한 문제들이 남아 있었다. 의무적으로 도피라는 과정을 겪어야 했는데, 수감생활에 익숙했던 내게는 적응할 일이 한두 가지가 아니었다. 도시를 벗어나는 길목은 전부 기계들이 지키고 있었고, 다른 기계들이 우리를 잃어버린 후 골목을 쏘다니고 있다는 소문이 돌았다. 최대한 사람들 틈에 숨어 있어야 했다. 어쩔 수 없이 밤마다 번화가의 라운지 클럽에 숨어들었다. 뒷문으로 들어가 파티를 즐기는 사람들 눈에 띄지 않도록 구석에서 춤을 췄다. 사람들이 조금씩 남기는 맥주로 목을 축이고 과자 부스러기로 배를 채웠다. 내가 원래 선호하던 것은 다운템포 계열의 그루브 강한 음악이었지만 살아남기 위해서는 장르를 가릴 수 없었다. 참을 수 없을 만큼 잠이 올 때는 화장실에 숨어 좌변기 위에서 졸았다. 낮에는 클럽이 문을 닫기 때문에 사람이 많은 다른 곳을 찾아야 했다. 광장에서 사랑의 김장 담그기 행사가 연일 이어지고 있었다. 김장 행사는 아무래도 양념이 붉다보니 혁명적으로 변해갔다. 나중에는 배추를 절이던 사람들이 격분한 목소리로 기계들의 만행을 성토하기 시작했다. 덕분에 잡혀갈 때는 단편적으로만 알고 있던 혁명의 대의를 어느 정도 이해하게 됐다. 사람들이 횃불처럼 김치 포기를 들어올리면 나도 모르게 환호성이 터져나왔다.

컨베이어 벨트 꼭대기에 달린 경광등이 번쩍거린다. 사이렌이 울리고 모든 기계가 한순간에 멈춘다. 반장이 당황한 표정으로 통제실을 쳐다본다. 무전기를 든 관리자들이 사무실에서 나온다. 저렇게 많은 직원들이 사무실에 있다는 걸 이제껏 알지 못했다. 그들은 기계가 멈춘 이유를 찾아내기 위해 라인 곳곳으로 흩어진다. 예고 없이 기계가 멈춘 적이 있던가. 적어도 내 기억으로는 최초의 일인 것 같다. 누구든 죽거나 다치면 안 되는데. 나는 아직 죽은 사람을 직접 본 적이 없다. 반장의 등에서 뛰쳐나간 용의 행방이 궁금해진다.

불가피하게 시작된 휴식에 작업자들은 삼삼오오 바닥에 둘러앉는다. 연장근무가 확실시된다. 잔업을 해서 돈 몇천원이라도 가져가는 편이 낫다. 한 시간 일찍 돌아간다고 한 시간만큼 더 쉴 수 있는 것도 아니다. 그렇게 보자면 운이 좋은 날이지만 기분은 여전히 77이다. K는 흡연구역까지 가기 싫어서 화물차 사이에서 몰래 담배를 피운다. 담배는 11. K는 장갑을 벗고 필터 끝으로 앞니를 두드린다. 그는 앞니를 두드리려고 담배를 피우는 것처럼 보이기도 한다. 딴생각을 하기 위해 일하는 것과 대구인 것이다.

오늘 안에 못 고치면 어떻게 하지. K가 걱정스러운 투로 말한다.

적당히 시간 때우다 가면 되지. 내가 대답한다.

그래도 돈은 주겠지?

시간만 채우면 주겠지.

배송이 늦어질 텐데.

그게 너랑 무슨 상관인데.

택배가 늦으면 빡치잖아.

나는 너 때문에 빡쳐.

왜.

생각해봐. 사람들은 싸고 빠르게 물건을 받아야 되는데 택배회사는 존나게 많아. 그러니까 우리 같은 애들 데려다가 시급 만원 주고 열두 시간씩 풀로 돌리잖아. 슬로 택배를 위한 사회적 협의체 같은 게 필요해. 그런 건 상원에서 주도적으로 구성해야 되는데. 우리는 상원이 없어서 망한 거고.

아니지, 이건 상원이 아니라 욕구의 문제야. 이제 택배는 기본권이라고 봐야지.

욕구도 상원에서 규제할 수 있어. 상원이 못하는 게 어딨냐.

너 상원 본 적 있어?

봤지. 미드에서.

아니, 그렇게 말고. 딱 눈앞에서.

K가 눈을 동그랗게 뜨고 묻는다. 나는 그에게 대답할 말을 천천히 고르기 시작한다. 상원을 눈앞에서 볼 순 없지. 그리핀을 본 적

이 있냐는 거랑 비슷한 건가. 그리핀은 원래 볼 수 없는 거니까 못 보는 거고. 하지만 상원도 당장 눈앞에서 딱 보는 건 불가능하지 않나. 그래, 그러니까 건담 같은 거라고 설명하면 될 것 같다. 나는 설명할 준비가 됐는데 K는 들을 마음이 없어 보인다.

문제는 그게 아니라고. 상원을 볼 수 있냐 없냐가 아니라 새끼야 내 말 들어!

K는 관심 없다는 표정으로 담배를 끈다. 박스 위에 누워 코를 고는 사람들이 부럽다. 나도 차라리 눈이나 붙일걸. 반장이 멀리서 우리를 부른다. 어디에 갔다 왔냐고 묻기에 흡연구역이라고 대답한다. 반장이 코웃음을 치고(그 또한 담배를 피우러 흡연구역까지 가지 않는다) 품에서 크림빵 하나를 꺼낸다. 그의 등에 아까 달아났던 용이 다시 들어와 있다. 죽거나 다친 사람이 없는지 묻는 걸 깜빡한다. 하급 관리자는 전반적으로 수고하는 존재들이다. 반으로 가른 빵을 우물거리는데 사이렌이 울린다. 컨베이어 벨트를 따라 상자가 움직인다.

용을 다시 만난 건 김장 행사장이 특산물 한마당으로 바뀌고 얼마 지나지 않아서였다. 특산물뿐만 아니라 지역의 각종 현안이 함께 모인 탓에 한마당 역시 혁명적으로 변해갔다. 홍삼 부스에서 나눠주는 음료가 특히나 검붉고 맛있었다. 그걸 마시고 클럽으로 돌아가는 게 나의 오후 일과였다. 용은 유기견 무리에 섞여 행사 부스 주변을 배회하고 있었다. 반가운 마음에 인사를 하려고 다가갔다. 나를 구해준 작은 용에게 악수를 청했다. 닭발 같은 손을 내민 용은 나를 보고 반가워했지만 이내 표정이 어두워졌다. 우리를 구해준 뒤로 영 안 좋은 일만 생긴다며 신세한탄을 했다. 예컨대 몸이 전처럼 커지지 않고, 입에서 불도 나오지 않는다고 했다. 나는 그에게 미안한 마음이 들어 고개를 들 수 없었다. 선명하던 초록색 비늘이 투명할 만큼 옅어져서 거의 윤곽선만 남은 것처럼 보였다.

용과 나는 조금 어색해져서 거리를 두고 걸었다. 유기견들이 나를 졸졸 따라와서 쭈쭈쭈, 했더니 어쩌라고! 하며 맞받아쳤다. 턱이 늘어진 불독이 특히 신경질적이었다. 특산물 한마당이 파장하는 시간이었다. 빌딩 사이로 해가 저물어가고, 나는 용에게 무슨 말이라도 하고 싶었지만 적당한 말을 찾기 힘들었다. 어디선가 노랫소리가 들려서 그쪽을 향해 그냥 걸었다. 가까워질수록 통기타의 아르페지오가 선명해졌고 간간이 섞인 허밍과 휘파람이 귀에 들어왔다. 구성으로 따지자면 컨트리에 가까웠지만 분위기는 북유럽 전통음악처럼 우울했다. 노래하는 남자는 무대도 없이 간이의자에 앉아 기타를 치고 있었다. 용과 나는 그 앞에 멈춰 섰고, 뒤따르던 유기견들도 '앉아' 자세로 자리를 잡았다. 남자는 눈썹과 수염과 머리를 전부 덥수룩하게 길러 얼굴을 완전히 가리고 있었다. 마스크를 쓰더라도 그보다 효과적으로 얼굴을 감추기는 힘들어 보였다.

가사도 없는 남자의 노래를 듣다보니 이제 곧 클럽에 가서 춤을

춰야 한다는 게 서글프게 느껴졌다. 문득 갇힌 채로 마라탕을 먹던 일이 생각나고, 한동안 기억에서 멀어졌던 59도 떠올랐다. 59의 얼굴은 언제나 흐릿하게만 떠오를 뿐이었지만 그래도 어쩐지 아련하고, 심지어 밉살맞던 29마저 보고 싶고 그랬던 것이다. 그러고 보니 마라탕이라면 밖에 나와서도 얼마든지 먹을 수 있었을 텐데? 중국이라면 당연히 그래야 되는데? 어쩐지 그때는 중국이 아니었던 것이다. 클럽과 광장이었으니 이태원과 시청 사이를 왔다 갔다했던 것 같은데, 아무튼 상관없기도 하거니와 그러다가 갑자기 중국이기도 하니까 마라탕에 관해서는 뭐라 할말이 없다. 노래 부르던 남자는 이빨을 부딪쳐 타악기를 대신했다. 어금니가 마림바처럼 울렸다. 그제야 그 남자가 누군지 알아볼 수 있었다. 내 옆에 묶여 있던, K가 틀림없는 그 남자가 수염을 기른 채 노래 부르고 있었다. 용은 처음부터 알고 있었던 눈치였다. 괜히 영물이 아니구나 싶어서 어깨라도 두드려주려다 말았다.

집에 가고 싶다. 연장근무 하고 싶다던 생각은 취소하고, 일 초라도 빨리 여기를 벗어나고 싶다. 출근하는 사람들 틈에 섞여 지하철을 타고 싶다. 내가 풍기는 땀냄새 때문에 괴로워하는 사람이 없도록 맨 앞 칸 구석에 서 있을 거다. 아우, 하는 소리가 나를 향한 것임을 눈치채는 나는 소리에 강하다. 땀이 송송 맺히다가 한꺼번에 쭉 흐르며 소름이 돋는다. 다음주부터는 나오지 말아야지 싶다가도, 하루에 십이만원을 주는 일은 흔치 않다는 걸 생각한다. 비가 오면 공치는 노가다보다 낫다. 조금만 버티면 된다. 쓰러질 것 같지만 쓰러질 리가 없는 걸 잘 안다. 나는 59의 얼굴을 떠올리기 위해 노력한다. K와 나는 기타를 세워두고 추억을 나눈다.

한번 가볼까?

어딘지 기억나?

당연히 기억하지.

그래. 피해 다니려면 기억해야지.

그와 나는 이제 중국식 거리를 걷는다. 중국식 맥도날드와 중국식 건강원이 밀집한 거리 끝에 그 건물이 있다. 우리는 도망쳤을 때처럼 포물선을 그리며 건물 위로 날아오른다. 이때는 중력에 대한 반작용을 이용한 듯하다. 2.5층 창문에 매달려 정사각형의 내부를 들여다본다. 우리가 묶여 있던 자리를 다른 누군가가 차지하고 있다. 마라탕을 들고 오는 59의 모습이 보일까 싶어 고개를 빼고 기다린다. 기계들이 일을 마치고 휴게실에 모여 축구 경기를 시청하고 있을 시간이다. 사슬에 묶여 있는 세 명의 수감자는 각각 머리를 파랑 노랑 빨강으로 물들여놓았다. 나란한 세 사람의 머리가 삼색 국기처럼 보인다. 감시병이 고개를 돌려 우리가 서 있는 창을 바라본다. 감시병의 얼굴이 낯설지 않다. 함께 묶여 있다가 탈출했던 남자다. 감시병이 된 과거의 친구가 나를 보고 윙크한다. 나는 장난스럽게 손을 흔든다. 죄는 그대로인데 시대가 변했다는 걸 깨닫는다. 마지막 물건을 화물칸 깊숙한 곳으로 던져

버리고, 다섯번째 차의 문을 걸어 잠근다. 연장 시간을 꽉 채우고서 마감을 알리는 벨이 울린다. 시계의 작은 바늘이 7을 가리킨다.

K와 나는 작업 조끼를 벗어서 공처럼 뭉친다. 튀어오르지 않을 걸 알면서도 바닥에 던진다. 사람들이 줄 서서 연명부에 퇴근 사인을 한다. 나는 일당을 계좌로 받고 K는 현금이 담긴 봉투를 받는다. 건물을 빠져나갈 때가 다 돼서야 라인에 우산을 두고 온 걸 깨닫는다. K는 지하철까지 뛰어가자며 나를 잡아끈다. 누군가 내 뒤로 다가와 손을 잡는다. 59는 원래부터 그러기로 돼 있던 것처럼 살며시 깍지를 낀다. 이제야 선명해진 59의 얼굴이 너무 익숙해서 깜짝 놀란다. 잊지 않기 위해 59에서 77까지 천천히 세어본다. 자꾸만 400으로 돌아갈 때보다 훨씬 수월하다. 아무리 숫자에 약해도 총합은 700을 넘기지 않는다. 매사에 공격적인 K도 크게 다르지 않을 것이다. 우리는 699 언저리에서 끊임없이 기만하고 화해한다. 우산을 든 사람들이 우산을 펴지 않고 정문을 통과한다.

거봐. 비 그쳤잖아.

알고 있던 것처럼 말하지 마. 왜 웃어?

봉투에 천원이 더 들어 있더라고.

물류단지를 빠져나오니 너무 밝은 빛에 얼굴이 찡그려진다. 지하철역까지는 한참을 걸어야 한다. K가 편의점 앞에서 멈추더니 기다리라고 말한다. 나는 그 자리에 서서 눈을 감는다. 눈두덩이

빨갛게 물들어가는 걸 느낀다. 가게에서 나온 K가 바나나 우유를 건넨다. 천원을 더 벌어서 신이 난 K는 세상에서 제일 관대하다. 바나나 우유는 한 개에 천사백원이지만 신경쓰지 않는 것 같다. 나를 앞질러 걸어가는 K의 주머니에서 동전 부딪히는 소리가 짤그락거린다. 나는 숫자에 약해서 거스름돈을 받을 때 사람을 가장 믿는다. 바나나 우유를 마시다가 내 손을 잡은 59에게 행복하다고 말하고, 너무 행복해서 지하철에서 마실 만큼을 남겨둔다. 어쨌든 나는 너무 행복하고, 너무 행복하다고 자꾸만 되뇐다. 그리고 사랑해.

곳에
따라
소나기

이렇게 비가 많이 오는 게 북극의 빙하가 녹아서라고 했다. 남극이었나. 하여튼 얼음이 있던 자리에 이젠 얼음이 없다. 아주 오래된 얼음이었는데, 그 자리가 텅 비거나 흙이 드러났고, 그래서 비가 '이렇게' 오는 거라고 했다. 갑자기 많은 비가 좁은 지역에 번갈아가며 쏟아졌다. 상계동에서 침대에 누워 야구를 보는데, 갑자기 빗줄기가 거세게 창문을 때리는데 핸드폰 화면 속 잠실은 뽀송뽀송하다든지. 상계동에 비가 잦아들었는데, 야구를 하고 있는 잠실에 갑자기 폭우가 쏟아져 경기가 중단된다든지. 집을 나설 때는 우산을 펴지 않았는데, 회사에 도착할 때쯤에는 땅이 다 젖어 있다든지. 회사로 들어가서 마른 우산을 벽에 세워두면 갑자기 하늘에 구멍이 난 것처럼 비가 쏟아진다든지. 바람의 농도라든가 안

개의 냄새 같은 것이 달라지고 있다는 건 어느 정도 눈치채고 있었다. 이런 게 기후변화의 조짐인가? 트럼프가 부정하고 툰베리가 역설한 그것이 이런 건가 싶었다. 지난 몇 년간 스콜처럼 내리는 집중호우에 익숙해져가는 중이었다. 국지라는 말이 국지, 국지 하면 입에 붙지 않았지만 국지성 호우 하면 아는 사람 이름이나 별명 같았다. 지성이나 지성이 친구의 별명이 호우인데 호우! 하면 지성이나 지성이 친구가 생각나는 식으로. 그런데 요즘 들어 '그렇게' 오는 비는 전에 알던 것과 또 다른 양상이었다. 내가 알던 국지가 좁아도 너무 좁아졌고, 무서울 정도로 거셌고, 그러다 쥐 죽은듯이 잠잠해졌고,

그러는 동안 나는 한 번도 비를 맞지 않았다.

단 한 번도.

여름 내내 비가 나를 피해 다니고 있었다. 아정이 우산을 사줬는데 한 번도 쓸 일이 없었다. 아정이 사준 우산은 선물 받고서 딱 한 번 펼쳐봤다. 영국 신사가 들고 다닐 것처럼 점잖은 까만 우산인데, 펼치면 안에는 형광색 야자나무가 우거진 숲을 이루고 있었다. 당장에라도 형광색 코코넛이 머리로 떨어질 것만 같았다. 생일도 기념일도 아닌데 갑자기 선물이라며 그렇게 비싼 우산을 사줬다. 편의점에서 오천원짜리 비닐우산만 사서 쓰고 다니다가 갑자기 지갑보다 비싼 우산을 들고 다니니 여간 신경쓰이는 게 아니었다. 이제까지 잃어버린 우산을 모두 합쳐도 지금 들고 다니

는 우산 하나를 살 수 없을 텐데, 그건 아마 편의점에서 오천원짜리 우산만 샀기 때문일 거다. 삼천원이던 시절도 있었던 것 같고, 그보다 싼 우산은 기억에 없다. 그러고 보면 나는 그렇게 오래 살지도 않았거니와 옛날 일을 오래 기억하는 편이 아니었다. 아정은 반대로 무슨 일이든 잊어버리지 않고 오래 기억하는 편이라 다툼이 생기면 언제나 내가 불리했다. 그렇다고 거기에 무슨 불만이 있는 건 아니었다. 내가 잊어버린 것을 아정이 기억하고 있기 때문에 대체로 내가 사과할 일이 많았을 뿐이다. 아정은 내가 잊어버린 것을 잊어버렸다는 사실에 화를 내기도 했는데 그 점은 나로서는 어찌할 수가 없는 일이었다. 하지만 비를 맞지 않았다고 화를 내는 건 아무래도 받아들이기 힘들었다. 일찍 퇴근해서 밥을 안쳐놓고 순두부찌개를 끓이며 야구를 보고 있는데, 헹굼 세 번 하고 탈수가 미처 되지 않은 빨래처럼 푹 젖어 바짓단에서 물을 뚝뚝 흘리며 들어온 아정이 내게 따지듯 물었다.

"언제 들어왔어?"

"한 삼십 분 됐나."

"근데 왜 안 젖었어?"

"비가 안 왔으니까."

샤워를 마치고 젖은 머리를 털던 아정이 밥상머리에 앉아서, 또 따지듯이 물었다.

"너 오늘 회사 안 갔지?"

"뭔 소리야. 오늘 미팅 다섯 군데 돌았다고 아까 얘기했잖아."

"그렇게 돌아다녔는데 비를 한 번도 안 맞았어?"

"이상하게 건물에 들어가면 비가 오더라. 나올 때 되면 그치고."

"수상해."

비를 안 맞는 게 수상할 일인가? 하긴 좀 이상한 일이긴 했다.

야구를 틀어놓고 설거지를 하는 동안 마산에 갑자기 비가 쏟아져 경기가 중단됐다. 야구가 없으면 설거지가 너무 심심해서, 마음먹었던 것만큼 설거지를 빨리 끝내지 못했다. 샤워를 하러 들어가서도 야구를 계속 틀어놓았는데, 야구 없이 샤워하는 것도 너무 적적한 일이라 평소보다 대충 씻고 물을 잠가버렸다. 습기를 잔뜩 먹어 고장난 드라이어는 강풍으로 틀면 열선에 불이 붙어 제구실을 못했다. 약풍으로 머리를 말리느라 평소보다 뒷정리가 길어졌다. 그러는 동안 야구는 경기 취소가 선언됐고, 승패 없이 허무하게 끝난 야구 때문에 기분이 가라앉았다. 확실히 비가 오는 것보다는 비가 오지 않는 것이 좋았다. 비가 오지 않으면 비를 맞지 않아서 괜한 오해를 살 일도 없을 테니 말이다. 우리집엔 TV가 없어서 아정과 나는 각자의 핸드폰으로 보고 싶은 것을 찾아 보는데, 침대에 누워 뉴스를 보고 있던 아정이 내게 말했다.

"이번 여름에 한 번도 비를 안 맞았다고 했지?"

"어. 어쩌다보니 그렇게 됐네."

"괜히 사줬잖아. 우산."

"갖고 다니면 언젠가 쓸 일이 있겠지."

"이번에도 잃어버리면 평생, 너한테, 아무것도, 선물, 안, 할, 거야."

이번에도? 한 어절 한 어절 똑똑 끊어 말하는 아정의 말에 긴장해서 기억을 더듬었다. 저번에도 내가 뭔가를 잃어버렸다는 얘긴데. 그러고 보니 아정이 사준 손수건이 생각났다. 같이 어디 궁 같은 데를 놀러가서, 거기 기념품 가게에서 파는 보라색 해태가 그려진 손수건을 선물 받았다. 나는 평소에 손수건을 뒷주머니에 넣고 다니는 그런 사람은 아니었는데, 어디로 갔지? 손수건? 나는 아정이 사준 손수건을 잃어버렸다는 것도 잊어버린 채 살고 있었고, 차마 그것만은 들키지 않으려고 미간에 약간 힘을 주면서 평소보다 굵은 목소리로 대답했다.

"절대. 절대로 그럴 일은 없어."

아정이 보는 뉴스에는 남쪽에 큰비가 내려 이재민이 수백 명이나 발생했다는 보도가 나오고 있었고, 지붕 위에 올라간 소가 큰 눈으로 거센 물살을 보고 있는 장면이 지나갔다. 비가 저렇게 오는데 나는 비를 맞지 않아서 선물한 사람의 기분을 상하게 하고, 누군가는 집을 잃는데 양말 한 번 젖지 않고, 어떤 소는 지붕 위에서 밤을 새우는데 너무 편하게 침대에 누워 있는 것 같아서 나는 너무, 너무 미안한 마음이 들면서 내가 뭔가 잘못된 사람은 아닐까 생각하게 되는 것이었다. 실제로 내가 어딘가 잘못된 사람이 맞는다고 하더라도 그것과 비를 맞지 않는 일은 관계가 없겠지만, 관계가 있을지도 모르는 것이다. 공감 능력이 떨어지기 때문이라든가, 이제까지는 평균적인 수준이었을지 몰라도 남들이 계속 맞는 비를 맞지 않으면서 공감 능력이 점점 떨어지게 된다든가. 그래서 비를 맞는 것이 어떤 기분인지조차 잊어버리고, 젖은 신발을 신고 추적추적 걷던 어느 밤의 기억도 완전히 상실해버린 채 나만 비를 맞지 않으면 그만이라는 식의 사고방식을 가진 냉혈한이 돼서 아정을 실망시키는 건 아닐까 생각이 들자 당장이라도 나가서 비를 한번 시원하게 맞고 싶은 생각이 들었다. 그래, 비 오는 길에 산책이라도 나가는 거야. 아정이 사준 우산을 펴봐야지. 형광색 열대우림 아래 비 내리는 소리를 들으며 천천히 거리를 걸어야지. 굳게 결심했지만 자정까지 기다려도 비는 오지 않았고, 비를 기다리다 잠든 나는 꿈속에서 아정이 사준 우산을 잃어버린 채 비를 흠뻑 맞았다. 우습게도 아정이 사준 손수건이 뒷주머니에 있어서 얼굴에 흐르는 물을 훔쳐낼 수 있었는데, 아침에 깨어보니 얼굴을 파묻은 베개가 침으로 흥건해져 있었다.

굳게 결심하고(오늘은 꼭 비를 맞을 거야) 집을 나섰는데 종종걸음으로 뛰어오던 사람이 내 눈앞에서 우산을 접었다. 간발의 차이로 비를 놓친 거다. 건물 위 빗물 홈통에 고여 있던 물방울이 바람에 흩날려 얼굴에 닿았지만 비는 아니었다. 비가 그친 후에도 우산을 쓸 수는 있었다. 완전히 맑아지기 전까지는 나뭇가지에 맺혀 있던 비가 언제 어떻게 땅으로 떨어질지 모르니까. 하지만 나는 그러지 않기로 했다. 비가 오지 않을 때 우산을 쓰는 건 아정의 선물을 뜻있게 쓰는 방식이 아니라는 생각이 들었다. 비가 오기를 바라며 버스에 올랐고, 바라던 대로 비가, 갑작스럽고 거세게 차창을 때리기 시작했는데, 앞이 보이지 않을 정도로 쏟아져서 길 위에 있던 차들의 흐름이 느려지고, 헤드라이트가 하나둘 켜졌다. 아직 완전히 밝아지기엔 이른 시간이었고, 요즘은 매일같이 흐려서 워낙에 해를 본 기억이 가물가물하기도 했지만, 그렇다고 해도 그렇게 이른 아침에 모든 차들이 헤드라이트를 켜고, 쏟아지는 빗줄기가 버스의 천장을 때려 핸드폰 진동이 울리는 건 아닌가 다들 한 번씩 핸드폰을 쳐다볼 정도로 그렇게 비가 내려서, 조금 있으니 정말로 핸드폰이 울리며 무슨 무슨 천이 범람하려고 하니 근처에 가지 말라는 내용의 재난경보 문자가 도착하고, 거리를 걷던 사람들이 죄다 건물로 피신하는 와중에, 아주 용감하게, 용감한 건지 급한 사정이 있는 건지 모르겠지만 우산을 쓰고 성큼성큼 걸어가는 사람의 바지는 처참할 만큼 젖어들었는데, 지하철역에 내릴 때가 되니 거짓말처럼 비가 그쳤다. 나보다 조금 늦게 출근하는 아정에게서 전화가 왔다.

"우산 폈어?"

"아니. 지금 버스 내리는데, 그쳤다."

"너 진짜 재수없어."

아정이 뭐라고 덧붙이는 말도 없이 전화를 뚝 끊어버렸다. 비를 맞지 않는 게 욕을 먹을 만한 일인가 싶어서 억울한 기분이 들었는데, 생각해보니 반드시 욕을 먹어야 하는 일은 아니지만 경우에 따라서는 누군가 욕을 할 수도 있는 일인 것도 같았다. 모두가 비를 맞는데 비를 맞지 않는 건 비열한 일이다. 의도하지 않았다고, 운이 좋았을 뿐이라고, 나조차도 그 이유를 모르겠다고 남의 일처럼 이야기하는 것은 뻔뻔한 태도다. 차라리 나도 흠뻑 비를 맞았으면 좋겠어, 라고 말하면 엄청난 실언인 거다. 누군가는 그 비 때문에 집을 잃고, 소는 땅을 잃고, 지붕 위를 얻었지만 소에게는 지붕이 필요 없고, 그래, 정말로 목숨까지 잃은 사람들이 있는데 그런 말을 해서는 안 되는 거다. 그래서 내가 올해 여름 한 번도 비를 맞지 않은 것은 섣불리 말을 보태거나 빼는 것도 조심스러워해야 할, 그냥 가만히 있어도 욕을 들어먹어도 싸고 욕을 먹지 않으려고 노력하는 것부터가 잘못된 태도인 난처한 상황이 맞는 것 같았다. 물론 비 때문에 정말로 난처한 상황에 놓인 많은 사람들, 동물들, 기관들, 관계자들, 관계자들은 사람들에 포함되지만 특히 기상 상황에 촉각을 곤두세울 수밖에 없는 기상청이라든가 재난안전대책본부 같은 곳에서 근무하는 사람들은 특별히 한번 더 언급해줄 필요가 있을 것 같은데, 그들 앞에서 내가 난처하다고 말하거나 난처한 티를 낼 생각은 하지 않는 게 좋을 것 같았다. 그래서 나는 지하철을 타고 가는 동안 목적지에 도착했을 때 비가 내리고 있기를 기대하는 것을 완전히 중단했다. 어제까지는 그러기도 했지만 오늘은 그러지 않기로 한 거다. 객차에는 완전히 젖은 사람과 조금 젖은 사람과 나처럼 하나도 젖지 않은 사람이 무작위로 섞여 있었는데, 그만큼 올해 여름의 비는 국지적이고, 거세게 왔다가 급하게 그치고, 한마디로 예측불허였다. 회사에서 오백여 미터 떨어진 역에 도착해 2번 출구로 나왔을 땐 곳곳에 물웅덩이가 가득했고 묶여 있지 않은 개가 젖은 몸을 털어 개를 무서워하는 사람 몇을 놀라게 하기도 했지만, 어쨌든 비는 오지 않고 있었다.

예전에, 그러니까 꽤 오래전에, 어쨌든 음악을 좀 찾아서 듣기도 하던 시절에 내가 즐겨 듣던 것은 뭐랄까 브릿팝? 뭐 그런 거였는데 요즘엔 통 음악을 안 들었다. 그래도 가끔 들으면 예전에 듣던 노래를 다시 듣는 게 좋았는데 이렇게 비가 내리고, 한 번도 비를 맞지 않아서 아정에게 핍박 아닌 핍박을 받다보니까 Travis의 〈Why Does It Always Rain on Me?〉를 떠올리지 않을 수 없었다. 그러니까 그 노래에는 'Is it because I lied when I was seventeen?'이라고 자문하는 가사가 나오는데, 기억을 더듬어봐도 내가 열일곱 무렵에 딱히 특기할 만한 거짓말을 하거나 하지 않았거나 하는 걸 떠올릴 수가 없었다. 열일곱의 내가 너무 진실한 삶을 살아서 그런지도 모르겠다는 생각이 들었는데, 원체 기억을 잘 못하는 편이긴 하지만 당시 나는 누구에게든 거짓말을 하고 다닐 만한 상황은 아니었다. 나는 집안 사정 때문에 큰고모네 집에서 학교를 다니고 있었는데, 고모가 내게 눈칫밥을 주거나 하지는 않았지만, 그렇다고 극진한 대접을 받은 것도 아니지만, 어쩔 수 없이 사촌형의 방에 더부살이하면서 최대한 고모네 가족에게 폐를 끼치지 않으려고 노력했기 때문에 거짓말을 밥 먹듯이 할 만한 그런 상황은 확실히 아니었다. 고모네는 소를 제법 규모 있게 키웠는데, 학교에 갔다 오면 사촌형이랑 같이 축사를 청소하고 사료통을 채웠다. 그때는 그게 당연하게 생각됐고, 지금 생각해도 크게 부당할 정도로 가혹한 노동착취를 당했다거나, 피붙이에게 서러운 일을 당했다는 식의 생각은 들지 않았다. 그러고 보니 그 이후에, 대학에 가면서 혼자 서울로 올라온 뒤로 고모네에 한 번도 찾아가보지 않은 일이라든가, 명절에도 안부전화를 하지 않은 일이나, 사촌형의 결혼식에 가지 않은 일 등을 생각해보면 먹여주고 재워준 친척에 대한 도리를 다하지 않은 내 쪽에 문제가 있는 게 아닌가. 이런 생각은 생전 처음 해본 건데, 아무래도 내가 그동안 고모한테 잘못했구나 싶은 생각이 들기까지 했다. 그러니까 비가 이렇게 무섭게 여기저기 내리는데 비 한 방울 맞지 않고 여름을 보내고 있는 것이 'Is it because I lied to my 큰고모네'여서 그런 건 아닐지…… 음을 붙여 불러보니 가사가 딱 맞았다. 순간 머리에서 발끝까지 소름이 돋았다. 하지만 내가 고모한테 연락을 하지 않은 것에 이제 와 미안함을 느끼고 싶지는 않았다. 고모도 나를 원망할 것 같지는 않았다.

이젠 정말 비 같은 건 신경쓰고 싶지 않아. 그래서 집에 가는 길에도 비를 맞지 않았다. 우산을 펴지 않았다고 미안해하지도 않을 거야. 내가 정말 미안해해야 하는 일은 이를테면 칫솔을 제때에 갈아주지 않은 것, 신발을 꺾어 신은 것, 작년 가을 비 내리던 날에 버켄스탁을 신고 슈퍼에 간 것, 그런 일들. 저녁으로는 제육볶음과 계란찜을 하기로 했다. 재워둔 고기를 한 주먹 꺼내어 달궈 놓은 팬에 올렸다. 창밖으로 비가 내리기 시작했다. 프라이팬 위의 기름 튀는 소리가 빗소리를 닮았다. 도어록의 비밀번호가 눌리기 시작했다. 삑삑 삐비삑-삐. 삐삐삐삐삐삐. 삐삐삑 삐빅-삐. 삐삐삐삐삐. 삐빅 삐 삑 삑-삐. 삐삐삐삐삐. 아정이 왜 그러지? 이 시간에 낮술을 먹고 들어왔나. 불을 줄이고 문을 열었는데 아정이 아니었다. 살짝 열린 문 사이로 순간 눈부신 빛이 쏟아져들어왔다. 물에 젖어 축축했지만 황금색 털에서 뿜어져나오는 윤기를 감출 수는 없었다. 문 앞에 서 있는 건 소였다. 나는 그 소를 한눈에 알아볼 수 있었다. 똥을 치우러 가면 언제고 내 손등을 핥던 초롱이. 틀림없는 초롱이의 눈이었다. 하지만 초롱이가 아직까지 살아 있을 리 없었다. 초롱이가 우시장에 팔려가던 날의 기억이 선명히 남아 있었다. 어느새 소 뒤로 나타난 아정의 바짓단은 오늘도 잔뜩 젖어 있었다. 아정과 나 사이에 소가 있었고, 문이 열려 있었지만 아정은 들어올 수 없었다. 소가 있어서. 아정은 일단 비에 젖은 게 짜증이 나고, 문을 가로막고 있는 소가 황당하고, 아무 소개도 없는 내게 화가 나서, 아마도 그런 이유들 때문에 눈을 부라렸다. 머리를 긁적이던 내가 겨우 말을 꺼냈다.

"아정아, 소셔."

"알겠으니까, 일단 좀 들어가면 안 될까?"

집에 들어온 아정은 식탁 의자에 걸쳐두고 말린 수건을 들고 뛰듯이 안방으로 들어갔다. 나와 소는 거실이라고 하기에는 조금 좁지만 거실이 아니라고 하기도 힘든 공간에 엉거주춤 서 있었다. 아정과 나의 돈을 합쳐서 겨우 구한 투룸은 거실과 부엌의 경계가 모호한 구조였다. 탄내가 풍겼다. 제육을 팬에 올려놓은 것을 까맣게 잊고 있었던 것이다. 불을 줄여두어서 완전히 타버리진 않았지만 고기를 뒤적여보니 반 정도가 검게 눌어붙어 있었다. 옷을 갈아입고 나온 아정이 그제야 소에게 인사를 했다.

"김아정이에요."

"솝니다."

"어떻게 오셨어요?"

"우등 타고 왔습니다."

"잠겼어요? 집?"

"네. 축사가 완전히 잠기고…… 친구들이 떠내려가고…… 다행히 저는 시내에 있었던 터라 그냥 버스를 탔죠. 서울 가는 차 한

대가 남아 있더군요. 고속버스터미널에 내렸는데 갈 곳이 없었어요. 그래서 무작정 이리로 왔습니다. 실례일 거라고는 생각했지만, 제가 갈 수 있는 곳이 여기 말고는 없었어요."

나는 소에게 마른 수건을 건네며 말했다.

"여기 주소는 어떻게 아셨어요? 아정아, 너 혹시 고모랑 연락했어?"

"그래. 네가 안 하니까 나한테 오잖아."

아정이 거실에서 부엌으로 건너오는 데는 두 걸음이면 충분했다. 아정은 탄내가 가시지 않은 제육볶음을 개수대에 버리고 냉동실에서 얼려놓은 식빵을 꺼냈다. 거실에 엉거주춤하게 서 있던 소는 다리를 접고 편하게 눕듯이 앉았다. 소파를 놓을까 고민하던 자리에 소가 누우니 딱 맞았다. 넓지 않은 집이 꽉 찬 기분이 들었고 셋이 한꺼번에 내뿜는 숨 탓에 습도가 잔뜩 올라간 느낌이었다. 에어컨을 틀자 소가 마음이 놓였는지 푸르르, 혀를 풀었고 아정은 미니 오븐에 구운 토스트 위에 사과잼을 얹어 먹었다. 나는 배가 고픈 것도 잊고 있었다.

"초롱이하고는 어떻게 되세요?"

"초롱이요?"

"아, 그러니까, 제가 고모 댁에 지낼 때 있던 소분인데, 눈이 크고…… 아 눈은 다 크시구나."

"저희는 이름이 없어요. 번호만 있죠."

"아, 그럼 서로 부를 때도 번호로?"

"아니요. 굳이 이름 부를 필요가 없는데요. 음매 하면 다 쳐다보니까."

"그러시구나……"

"네. 소 잘 모르시는구나."

"그렇죠 아무래도…… 저는 잠깐씩 일손이나 도운 거라서."

소와 나는 어색하게 대화를 이어갔다. 아정이 끼어들었다.

"저희 방이 하나 남긴 하는데, 방은 좀 좁으시잖아요. 지금 계신 자리가 편해 보이는데요?"

"네, 저야 뭐…… 비만 피할 수 있게 해주셔도 감사합니다."

"넌 뭐해. 이불 가져와서 깔아드려야지."

아정은 뭐가 맘에 안 드는지 타박을 멈추지 않았다.

"네가 그렇게 하니까 고모가 연락도 못하고 나한테 하소연하잖아. 나는 뭐 시간 남아서 노인네 얘기 들어주고 있어야 되니? 이분도 너희 집에서 오신 손님이면 네가 좀 챙겨."

나는 냉장고를 뒤져 지난 주말에 삼겹살을 구워먹고 남은 상추 반 봉지를 꺼내왔다.

"괜찮습니다. 지금은 입맛이 없어서."

"아, 네……"

"걱정이네요."

소의 큰 눈망울에 눈물이 가득 고였다. 소는 내가 가져온 이불에 얼굴을 파묻고 우우 하고 낮게 신음하듯 한참을 울었다. 아정은 소의 곁으로 가서 움푹 팬 정수리를 어르듯 쓰다듬어주었다. 비가, 비가 갑자기 세차게 내리기 시작했다. 조용하던 집이 빗소리로 가득찼다. 나는 아직도 비를, 비를 한 번도 맞지 않았고 아정은 샤워하러 욕실에 들어갔다. 빗소리에 물소리가 겹쳐서 온 세상이 물에 잠기고 있는 듯한 기분이 들었다. 돌아가며 소를 돌보기로 아정과 이야기를 나누었다. 연차가 많이 남은 내가 먼저 집에 있기로 했다. 다음날 아침 아정이 집을 나서고 얼마 지나지 않아 비가 그쳤다. 그나마 좀 안심이 됐다.

"잠깐 걸을까요?"

멀뚱멀뚱 앉아 있는데 소가 먼저 말을 꺼냈다. 우리는 집을 나와 근처에 있는 공원으로 향했다. 소와 나란히 걸어가는데 산책 나온 개들이 바짝 엎드려 꼬리를 흔들며 짖어댔다. 깜빡하고 우산을 챙기지 않아서 집에 돌아갈까 했는데, 이제는 비 같은 거 나한테 내릴 리가 없다는 생각마저 들어서 그냥 걸었다. 공원에는 마스크를 쓴 사람들이 배드민턴을 치고 있었다. 마스크를 쓰지 않은 사람도 배드민턴을 치고 있었는데, 아무래도 불안한 마음이 들어서 마스크를 쓰지 않은 사람들 쪽으로는 가지 않았다. 배드민턴장 옆에는 사람들이 가져온 우산이 나란히 세워져 있었는데, 밖에 나오면서 우산을 챙기지 않은 건 나와 소뿐인 듯했다. 배드민턴을 치는 사람들의 발놀림이 생각보다 운동선수처럼 현란해서 넋을 놓고 구경했는데, 그러는 사이에 내 옆에 있던 소가 없어진 것도 모르고 있었다. 고개를 돌려보니 소는 공원 한쪽의 잔디밭에서 풀을 뜯고 있었다. 공원에는 언제나 치우지 않은 개똥이 있게 마련이었고, 거기에는 똥파리들이 잔뜩 달라붙어 있었는데, 소가 풀을 뜯자 파리들은 개똥보다 아무래도 소똥이 양도 많고 먹을 것도 많은데다가, 도시에서는 쉽게 맛볼 수 없는 별식이기 때문에 놓칠 수 없다는 듯이, 풀을 뜯는 소 주변을 얼쩡거리며 소를 귀찮게 하고 있었고, 소는 내가 예전 고모네 축사에서 보던 것과 마찬가지로 꼬리를 뱅뱅 돌리며 자신을 귀찮게 하는 파리들을 내쫓고 있었다. 소는 양껏 풀을 뜯었는지 만족스러운 듯 혀로 코를 핥았다. 소의 코는 촉촉해 보였고, 만져보면 촉촉하기보다는 축축한 촉감에 더 가까울 것 같았다. 배드민턴 치는 사람들을 구경하던 소가 내 쪽으로 다가와서 내가 앉아 있는 벤치에 나와 비슷한 자세로 걸터앉았다. 사람들은 공원을 산책하는 소를 이전에도 본 적이 있는 것처럼 아무렇지 않게 우리를 대했고, 나는 그런 무관심이 다행이라고 생각하며 소와 나란히 앉아 춤추듯 허공을 왔다갔다하는 셔틀콕을 눈으로 좇았다. 소가 방금 뜯은 풀을 되새김질하다가 피리를 불듯 길게 트림을 했고, 조금 민망했는지 민망한 사람들이 흔히 그러듯 날씨 이야기를 꺼냈다.

"오늘은 비가 안 오려나보네요."

"이러다가 또 금방 퍼부을 거예요."

"그럼 얼른 들어가봐야 하는 거 아니에요? 우산도 안 갖고 나왔는데."

"어차피 나한테는 비가 안 와요."

"이름이 없다는 건 거짓말입니다. 초롱이라고 부른 소는 우리 할머니고요. 그런데 초롱이라고 불리는 걸 대단히 싫어했다는 것만 알아주세요. 어차피 이름이란 게 대부분 본인 의사와 상관없이 지어지긴 하지만, 왜 소한테는 초롱이나 누렁이 같은 이름을 붙이는 건지 모르겠어요. 그거 대단히 기분이 나쁜 일이거든요."

"그럼 초롱이는 이름이 뭐였어요?"

"비셔스."

"비셔스……"

"비셔스 폰 발레리아 3세셨어요. 제가 5세고요."

"그럼 제가…… 비셔스라고 불러드리는 게 좋을까요?"

"그건 뭐…… 편한 대로 부르세요. 고모한테 혹시 연락했어요? 제가 여기 있는 거 알면 데리러 올 텐데."

"글쎄요, 아정이 했으려나. 아마 바빠서 아직 전화 안 했을 거예요. 두 사람이 연락하는 사이인 것도 저는 모르고 있었고요. 돌아가고 싶어요?"

"아뇨, 저는 여기가 편해요. 축사 어떤지 알잖아요. 누가 그런 데로 돌아가고 싶겠어요."

"그렇구나. 조금 더 머무르세요. 아니, 편한 만큼 지내세요."

비셔스 폰 발레리아 5세는 가타부타 말도 없이 고개를 꺾어 하늘만 쳐다봤다. 눈이 점점 부풀어오르더니 눈물을 뚝뚝 흘렸다. 뉴스에서 본 지붕 위에 위태롭게 서 있던 소들이 생각났고, 비셔스의 가족과 친구들도 그런 처지였을 거라고 생각하니 그렇게 우는 게 이상할 것도 없어 보였다. 담배가 있느냐고 물어오기에 담배를 피우지 않는다고 대답하고, 필요하면 근처 편의점에서 한 갑 사다 주겠다고 하니 비셔스는 공손하게 사양했다. 집에 돌아와서는 핸드폰으로 KBS 기상특보를 함께 봤는데, 보다가 비셔스가 자꾸 울어서 그냥 아무 영상이나 보려고 유튜브를 틀었다. 고기 굽는 채널이 너무 많아서 볼만한 게 없었다. 저녁에는 아정이 월남쌈 밀 키트를 다섯 개나 사왔다. 나와 아정은 거의 손도 대지 않았고 비셔스가 거의 다 먹었다. 밤에 아정 옆에 나란히 누워 소의 이름이 비셔스인 것을 알려줬더니 아정이 등을 돌리고 누웠다.

"그래서, 오늘은 우산 좀 썼어?"

"오늘은 하루종일 비가 안 왔잖아."

"내일은? 회사 갈 때 가져가긴 할 거야?"

"당연히 가져가야지. 언제 비가 내릴지 모르는데."

"너는 알고 있는 거야."

"뭘."

"비가 언제 내리고 그치는지 알고 있어. 그렇지?"

"말도 안 되는 소리."

"아니야, 잘 생각해봐. 너는 모르는 것 같아도 네 본능이 알고 있는 거야. 그제도 옷 입고 나갈 준비 다 해놓고 왜 오 분 넘게 꾸물거리고 안 나갔는데? 그 오 분 차이로 비를 다 피한 거잖아. 너는 매번 그러고 있는 거야. 지하철 갈아탈 때 뛰면 탈 수 있는 열차도 그냥 보낸다든가, 무리해서 뛰어가 몸을 던져 열차에 탄다든가, 그러는 게 전부 비를 안 맞으려는 본능이 시킨 거라고 나는 생각해. 너는 비를 맞기 싫어하는 인간인 거지."

"내가 비를 맞았으면 좋겠어?"

"아니. 내가 사준 우산을 제대로 썼으면 좋겠는 거지."

나는 아정의 말에 대해 곰곰이 생각해보았다. 비를 맞는 걸 좋아하는 사람은 없다. 특히나 요즘 같은 비라면. 이렇게 매섭게 내리는 비를 본 게 몇 년 만인지 모른다. 장마라는데 태풍 같았다. 강한 태풍이 찾아왔던 몇 년 전, 나는 일을 하지 않고 있었기 때문에 비가 오면 집에서 나가지 않는 게 너무 자연스러웠다. 그때는 아정을 만나기 전이었고, 아무도 내게 우산을 사주지 않았으며 내가 비를 맞는지 안 맞는지, 우산을 쓰는지 쓰지 않는지 관심을 갖는 사람도 없었다. 혹시라도 내가 비를 피하는 타이밍에 대한 놀라운, 본능적인 어떤 감각을 갖고 있는 게 사실이라면, 본능을 조금 거스르는 식으로 비를 맞아볼 의향도 있었다. 그래서 내일은 한번 아정과 같은 시간에 출근을 해보기로 생각을 했는데, 그러자면 비셔스 씨는 어떻게 해야 할지 물어보려던 찰나에, 아정은 이미 잠들어 있었고, 아정의 어깨는 웅크린 거인 위에 흙으로 덮인 작은 언덕처럼 천천히 오르락내리락했다.

하루 동안 비가 오지 않았던 건 태풍의 전조였다. 바람이 많이 불었고, 나는 레인 부츠를 신고 회사에 갔다. 오늘은 아정이 집에 남아 소를 돌보기로 했다. 사무실에 앉아 있는데 창문이 들썩거렸다. 당장에라도 문을 뚫고 바람이 쳐들어올 것 같았다. 아정에게 전화를 걸었는데 계속 통화중이었다. 아정이 누구와 통화를 하고 있는지 궁금하기도 하고 걱정도 됐다. 부장이 'too cruel to live' 라고 적힌 라운드 티셔츠를 입고 회사에 왔다. 날씨 탓에 빨래를 못했는데 세탁소에 갈 겨를도 없어서 이런 걸 입고 왔다고, 묻지도 않았는데 변명을 했다.

"사는 게 잔인한 건가요, 살기에 잔인하다는 건가요?"

우리 팀 막내가 부장에게 묻자 심각한 표정이 된 부장이 말했다.

"그러잖아도 나도 그게 궁금했거든. 그래서 파는 사람한테 물어봤더니 자기도 잘 모르겠대."

나는 두 사람의 대화를 듣지 않는 척하면서 모두 듣고 있다가, 이번달에 산 비품 목록을 뽑아 담당자 칸에 사인을 했다. 펜 한 개와 펜 한 개. 그리고 펜 한 개와 펜 한 개. 내가 사는 것은 늘 펜뿐이었다. 펜을 자주 잃어버려서 사장에게 구박을 받았다. 내가 펜의 소중함을 모른다며 이름표를 붙이게 하고, 그래도 계속해서 펜을 잃어버리자 한 번에 펜 하나만을 사도록 지시한 것도 사장이었다. 남은 결재판이 없어 옆자리 직원에게 물어봤지만 그도 결재판이 없기는 마찬가지였다. 사장의 책상에 가보니 결재를 기다리는 결재판들이 어깨 높이까지 쌓여 있었다. 지난주에 펜을 사느라 제출했던 결재판을 찾아서 새로운 서류를 끼워넣었다. 사무실에서 사장을 마지막으로 본 게 언제인지 헤아리다가, 비가 적극적으로 내리기 시작한 때와 시기상 비슷하다는 걸 깨달았다. 부장에게 물었다.

"사장님 왜 안 나오세요?"

"모르지. 사장이니까."

"비가 많이 오는 것과 관련 있을까요?"

"그러게. 사장님이 비 오는 날 좋아하잖아. 비를 맞으러 다니는 건가? 창문 밖으로 비 구경을 하느라 집에서 안 나오는 건 아닐까? 궁금하면 네가 한번 전화 걸어봐."

하지만 사장에게 전화를 하고 싶은 생각은 들지 않았다. 아무래도 사장이 있는 사무실보다는 사장 없는 사무실이 일하기 편했고, 사장에게 전화를 거는 일에는 적지 않은 용기가 필요했다. 사장보다 먼저 통화해야 할 사람이 있기도 했다. 사장에게 결재받을 일이 생기면 언젠가는 전화를 걸 수도 있겠지만, 펜 하나 정도는 옆자리 직원에게 빌릴 수도 있었다. 그러나 더이상 미룰 수 없는 통화는 다른 직원에게 부탁할 수가 없었다. 고모의 번호는 핸드폰에 저장되어 있지 않았다. 나는 문득 예전에 쓰던 핸드폰의 주소록이 클라우드에 저장돼 있는 걸 생각해냈고, 거기서 고모의 전화번호를 찾을 수 있었다. 신호가 몇 번 가지도 않았는데 고모가 전화를 받았다. 끊고 싶기도 했고 오랜만에 대화를 하고 싶기도 했다.

"고모, 우리집에 지금 소가 왔어요."

"어쩐지. 고양이가 우리집 앞을 지나갈 때마다 휘파람을 불더라."

"초롱이 있잖아요."

"초롱이? 그게 뭐야?"

"있었잖아요, 축사에."

"초롱이라고 개는 있었는데 팔았지. 우리는 소한테 그렇게 촌스러운 이름 안 붙였어."

"그럼 비셔스 폰 발레리아는 알아요? 3세에서 5세까지."

"그건 우리 옆집 손데."

"고모, 축사가 다 잠겼어요?"

"축사는 무슨. 우리 다 정리하고 서울 올라온 지 삼 년 됐다. 너희 집하고 가까워. 그리고 우리 동네는 고지대라서 물난리 나도 절대 안 잠겨. 누가 그런 소리 하니? 언제 한번 놀러와. 아빠는 보기 싫어도 고모는 봐야지."

"왜요?"

"왜긴. 우리는 남이잖아."

하여튼 축사가 있던 자리에는 이제 축사가 없다. 아주 오래된 축사였는데. 그 자리엔 무너진 비닐하우스와 미처 치우지 못한 파이프가 어지럽게 널려 있을 것이다. 전화를 끊고 나니 이제는 고모를 만날 수 있을 것 같았다. 조카의 얼굴이 나를 닮았다고 했다. 나를 닮은 남이라니 조금 두려운 존재로 여겨졌다. 집에 돌아가니 아정과 비셔스가 우노 게임을 하고 있었다. 비셔스의 집중하는 미간 사이에 흰 점이 있다는 걸 처음 알았다. 옆모습을 빤히 보고 있는데 내 시선을 의식했는지 비셔스가 코를 벌름거리며 말했다.

"보지 마요. 이거 설거지 내기란 말이야."

"얼굴에 참…… 털이 촘촘하네요."

"털이요? 털은 온몸에 촘촘하죠."

둘이서 우노를 하는 동안 내가 설거지를 했다. 뽀드득 소리가 나게 그릇을 씻고 유리잔을 긴 솔로 벅벅 문질렀다. 다 마치고 산책을 나갔다. 아정이 사준 우산을 지팡이처럼 짚으며 걸었다. 바람은 여전히 무섭게 불었고, 비는 오지 않았다. 가로등 아래에 누군가 버리고 간 어항이 붉은 조명을 반사하고 있었다. 빈 어항인 줄 알았는데 물이 가득차 있었다. 구피 한 마리가 제자리를 맴돌고 있었다. 비가 오지 않았지만 우산을 폈다. 내가 들어가면 비가 오기 시작할 테니까. 나는 아정이 사준 우산을 어항에 씌워줬다. 물에 비친 우산 속 형광 나무들이 어항을 물들였다. 갑자기 열대가 된 어항 속에서 구피가 의아하다는 듯이 수면 위로 입을 내밀었다. 나는 눈이 작고 입도 작은 그에게 물었다.

"당신의 이름은 무엇입니까?"

"내 이름은 곤트라누스 티에리 테우데베르트 89세. 우산은 고맙다. 소원이 있다면 세 가지를 들어주지."

구피에게 허리를 굽혀 귓속말을 했다. 가로등을 등지고 돌아서자 비가 오기 시작했다. 이제, 드디어, 나는 올해 첫 여름비를 맞으며 뛰기 시작했다. 양말이 젖고 신발이 무거워졌다. 물웅덩이를 밟을 때마다 반사된 가로등 불빛이 흔들렸다. 집에 가는 길을 잃어버려 처음 보는 아파트 단지를 뺑뺑 돌았다. 아까 본 차를 다시 본 것 같은데, 남들이랑 똑같은 차를 사는 건 이상한 일이 아니니까. 나는 앞으로 가고 있는 걸까, 같은 곳을 맴도는 걸까? 세 가지 소원 중에 첫번째는 금방 이뤄졌다. 이제는 아정에게 손수건을 잃어버렸다고 고백할 때가 된 것 같았다.

싱가포르

* 소설의 제목은 9와 숫자들, '수렴과 발산' 중 7번 트랙(04:51, 오름 ENT, Sony Music, 2016)에서 빌려왔다.

중국은 없다, 고 정이 말했다. 공용공간으로 쓰는 게스트하우스 거실에 나를 포함해 네 사람이 있었다. 나는 한, 정, 명을 그곳에서 처음 만났다. 셋을 묶어 한정명이라고 불렀다. 정한명이라고도 했는데, 어쨌든 명은 뒤에 붙이는 게 자연스러웠다. 명은 언제나 마지막에 입을 열었고, 셋 중에 가장 똑똑해 보였다. 술도 제일 시원시원하게 마셨다. 맥주는 아무리 마셔도 취하지가 않네, 하면서 우리는 엄청 취해가는 중이었다. 그때, 중국은 없다, 고 정이 말했던 거다.

"뭐가 없는데요?" 내가 물었다.

"중국이요." 정은 지그시 눈을 감고 대답했다.

"그니까 중국에 뭐가 없냐고요."

"그게 아니라 중국이 없는 거예요, 중국이."

"중국이 없다고요?"

"네."

"왜요?"

"왜가 아니라 원래 없어요. 중국은 없습니다. 중국이라는 것 자체가 거대한 거짓말인 거죠."

"중국이 거짓말이라고요?"

"네. 중국은 없거든요."

"중국인들은요?"

"중국인이라는 사람들, 있죠. 저도 많이 봤습니다. 하지만 그들 중 누구도 중국인은 아니에요. 중국이 없으니까요. 모든 건 발명된 겁니다. 궈바오러우나 훠궈 같은 건 물론이고 하다못해 짜장면도요. 중국 음식이 왜 그렇게 맛있는 거라고 생각해요?"

갑자기 불려나온 음식 이름 때문인지 입안에 침이 돌았다. 짜장면의 기원은 중국이 아니라 인천이라고 명이 지적했다. 테이블 위에 놓인 오징어는 너무 맛이 없었다. 하얗게 분이 앉은 오징어는 씹을수록 쓴맛만 나서 아예 손을 대지 않고 있었다. 오징어가 원래 어떤 맛인지를 기억할 수 없게 만들 정도였고, 나는 그날 이후 웬만해선 오징어를 먹지 않았다. 중국이 있네 없네 하는 이야기도 발단은 오징어였다. 나는 분명히 중국산일 거라고 했고 필리핀이나 베트남산이라는 의견도 있었다. 취객들은 도마뱀의 발가락 숫자를 놓고도 싸우는 법이라 새로울 건 없었다. 중국이 없다는 정의 말이 낯설고도 낯설 따름이었다.

정은 누가 봐도 중국산처럼 보이는 물 빠진 티셔츠를 입고 있었다. 중국에 대한 편견은 없지만 사실은 조금 있었다. 한국에서 만든 티셔츠도 물이 빠지는 건 예외가 아닐 것이다. 하지만 중국이 없다고 주장하는 정인 만큼 그는 중국산 티셔츠를 입고 다닐 것 같았고, 그러면서 메이드 인 차이나가 중국과는 아무런 관련이 없다고 말할 것 같았다. 포마드로 머리를 빗어 넘긴 한은 여행자로 보이지 않을 만큼 깔끔한 인상이었다. 이것도 물론 여행자에 대한 편견이다. 편견을 조금 덧붙이자면 한은 서울 사립대 부속 한국어학당에 다니는 교포 3세의 느낌을 풍겼다. 그래서인지 중국이 있다는 한의 입장이 더 신빙성 있어 보였다. 애초에 따지고 물어야 할 이야기인지 자체에 회의가 들었지만.

한은 코웃음을 치며 스마트폰을 꺼냈다. 그는 주식 투자 앱의 펀드 항목에서 '달리는 차이나' 계좌를 열어 모두에게 보여줬다. 숫자가 너무 많아서 어느 정도의 금액인지 한눈에 가늠하기 힘들었다. 한은 자신보다 중국에 대해 잘 알고 있는 사람도 없을 거라며 득의양양한 표정으로 화면을 닫았다. 열다섯 살 때부터 주식 투자를 했고, 자신은 돈이 많으며, 돈 많은 사람들은 중국에 관심이 많은데다가, 사업 아이템을 찾아 직접 중국에 간 적도 있다고 했다.

돈이 많아서 그런 건지, 한은 정이 반박할 때마다 그를 찍어 누르듯 무시하며 비아냥거렸다. 체할 것 같아서 맥주를 몇 모금 더 마셨다. 한과 정이 말다툼을 시작하면서부터 나는 주로 명과 대화를 나눴다. 명은 오징어와 한치의 차이를 궁금해했다. 취해서 손가락이 자꾸 빗나가는 그녀를 대신해 내가 검색 결과를 읽어줬다. 한치는 오징어보다 다리가 짧지만 지느러미는 길다고 했다.

"재밌다. 그치?"라면서 명이 새 맥주병에 손을 가져갔다. 테이블 위에 있던 병따개가 보이지 않았다. 테이블 밑에도 없었고, 혹시나 해서 뒤져본 주머니에도 없었다. 나는 쓸모없어진 맥주병을 가만히 바라보며 병따개 없이 맥주를 마시는 방법에 대해 생각했다. 그때 명이 젓가락을 지렛대처럼 써서 병뚜껑을 땄다. 우리는 조금 더 마시다 졸았고, 졸다 깨서 수다를 떨기도 했다. 한과 정이 엉겨붙어 싸우는 통에 상이 엎어져 행주를 들고 왔다갔다했다. 그날은 확실히 좀 이상했고 정신이 없었다. 중국도 오징어도 제멋대로였다.

일 년 뒤 한남동에서 우연히 명을 마주쳤다. 나는 불행인지 다행인지 택시를 다시 몰고 있었다. 어차피 다른 일은 해본 적도 없었고, 사장으로부터 꽤 진지한 사과를 받아서 뿌리치지 못했다. 그날따라 손님이 나타나는 족족 다른 기사가 한 발 먼저 차머리를 들이밀었다. 안 되는 날인가 싶어 시내로 나갈 요량이었다. 우회전을 하려는데, 익숙한 얼굴이 블루스퀘어 앞 버스 정류장에 서 있었다. 거리가 꽤 됐지만 한눈에 명이란 걸 알아봤다. 한꺼번에 차선을 세 개나 건너뛰었다. 유턴 신호를 기다리는 내내 명이 자리를 떠나지 않기를 기도했다.

라디오에서는 김신영이 〈정오의 희망곡〉 클로징 멘트를 날리고 있었다. 희망이 사라져가는 기분이 들어 입술을 꽉 깨물었다. 지금 명을 놓치면 영영 다시 볼 수 없을 거라는 확신에 가까운 예감이 들었다. 차를 돌려 그 자리에 갔을 때 그녀는 다른 택시에 막 오르려는 참이었다. 미친듯이 경적을 울려 명의 시선을 끌었다. 운전석 밖으로 고개를 뺀 내 얼굴을 그녀 역시 한눈에 알아봤다. 손님을 뺏긴 기사에게 욕을 먹어야 했지만 감수할 만했다.

"경부고속도로로 가줘."

"멀리 가요? 요금 안 받으려고 했는데."

"만남의 광장 갈 거야."

"아, 그럼 돈 안 받을게요."

"택시비는 내야지."

"만남의 광장에는 뭐하러 가는데요?"

"맥반석 오징어 먹으러. 사줄래?"

미터기를 누르며 고개를 끄덕였다. 곁눈질로 본 명의 차림은 맥반석 오징어를 먹으러 만남의 광장에 가는 사람처럼 보이지는 않았다. 중요한 미팅을 막 끝내고 온 무역회사 직원이나 헤드헌터를 만나러 가는 외국계 기업 재직자 같았다. 명에 대해서는 아는 게 별로 없었다. 정에 대해서도 마찬가지였다. 헤어질 때 이메일 주소를 나눈 게 전부였고, 답장은 한 번도 받지 못했다. 물론 한의 경우는 달랐다. 이름도 들었고 나이도 확인했다. 적어도, 적어도 한의 이름은 기억해야 했는데 아무리 생각해도 떠오르지가 않았다. 한을 생각하면 자꾸만 답답하고 알 수 없는 감정에 휩싸였다. 기사식당 앞에 차를 대고 잠깐 조는 동안 짧은 꿈에 한이 등장한 적도 있었다. 내용은 기억나지 않는데 하여튼 등판이 땀으로 축축했다.

“어떻게 지냈어요?”

“똑같지 뭐.”

“똑같다는 건 어떤 거예요?”

“아침에 집에서 나오고, 저녁에 집에 들어가고.”

“아.”

“그러다 오징어를 먹으러 만남의 광장에 가기도 하고.”

옆 차선에 있던 차가 깜빡이를 켜지 않고 끼어들었다. 나는 손바닥으로 클랙슨을 꾹 누르며 속도를 줄였다. 명은 놀란 기색도 없이 주섬주섬 안전벨트를 맸다. 끼어든 앞차의 뒷좌석에 앉아 있던 꼬마가 몸을 돌려 택시 쪽을 봤다. 무서운 표정을 지어봤지만 전혀 무섭지 않은 모양이었다. 꼬마는 무안할 만큼 냉소적인 표정으로 고개를 돌렸다. 정의 이야기를 듣던 한의 얼굴이 떠올랐다.

중국이 없다니. 그건 중국 관련 교양서적의 제목으로나 적합해 보이는 문구였다. 나중에 찾아보니 정말로 그런 책이 있었다. 『우리가 아는 중국은 없다』라는 책이었는데, 『우리가 아는 미국은 없다』도 그 밑에 있었다. 『우리가 아는 일본은 없다』는 없었다. 전여옥의 『일본은 없다』를 의식해서 그런 건가 싶었다. 하여튼 『우리가 아는 중국은 없다』의 저자는 자기가 아는 중국은 있어서 책을 쓴 거라, '중국은 없다'는 정의 주장을 귀담아듣지 않을 것이었다. 문제는 '중국이 있다'고 반박하는 한 역시 지나치게 진지했다는 거다. 중국이 있는가 없는가를 놓고 벌이는 두 사람의 논쟁은 신의 형상을 논하는 중세 철학자들처럼 치열했다.

그러는 사이 명과 내가 오징어 이야기만 한 건 아니었다. 여행하는 이유에 대해 길게 설명하는 건 여행자들이 만나서 치르는 의례와도 같았는데, 대부분의 사람들은 자기 이야기보다 재밌는 이야기를 찾지 못해 남의 이야기를 대충 들었다. 그나마 내 이야기는 독특한 구석이 있어서 인기가 좋은 편이었다.

나는 종종 택시를 몰다가 정신을 잃었다. 정확히 말하면 의식이 없어진 건데, 쓰러지거나 기절하는 것과는 달랐다. 의식이 끊긴 사이 목적지에 도착했고, 운전한 과정을 기억하지 못했다. 돈을 버는 데는 문제가 없었다. 운전만 하는 기계가 있다면 아마 그런 식이었을 것이다. 도로 사정에 정확히 반응해서 이동한 만큼 돈을 받으면 되니까 말이다.

MRI를 찍었지만 특별한 이상은 발견되지 않았다. 담당의는 해마에 문제가 있을 거라고, 그런 것 같다고, 아니라고 하기도 영 그렇다고 말했다. 기억을 담당하는 기관이 해마여서라고 했다. 왼손을 못 움직이는 사람에게 왼손에 문제가 있다고 하는 것처럼 들렸다. 실망스러웠지만, 의사도 나름의 고충이 있을 것 같아 티를 내지는 않았다. 대단한 문제가 명확히 진단된 것보다 나을 수도 있다는 생각도 들었다.

“해마가 웅크리는 건가요? 허리를 접고?”

내 질문에 의사는 어색하게 웃었다.

“수족관에 있는 해마가 아닙니다. 하지만 그렇게 표현할 수도 있겠네요.”

무사고 십 년까지 이 년을 남겨두고 있었다. 택시를 모는 게 일생의 꿈은 아니었지만 때려치울 만한 이유도 없었다. 그래서 나는 택시를 계속 몰았다. 아무도 위험에 빠뜨리지 않고 무사히 목적지에 도착할 수 있다는 확신이 있었다. 운전대를 오래 잡고 있으면 다리가 저리고 허리가 빼근했지만 어떤 일이든 나름의 고충은 있는 법이니까. 사무직은 안구건조증에 시달리고 가수는 성대결절로 고생한다. 나는 차 안에서 혼자 있는 시간이 좋았고, 내 지시에 따라 움직이는 쇳덩어리를 모는 게 싫지 않았다.

‘그 일’만 없었으면 계속 일할 수 있었을 것이다. 그랬다면 여행 같은 걸 떠나지도 않았을 것이고, 한정명이든 정한명이든 만나지 않았을 것이다. '그 일'에 대해서는 그때까지 아무한테도 말하지 않았다. 사장에게 어디에도 이야기하지 말라는 엄포를 단단히 들었기 때문이다. '그 일'에 대해 말하지 않고도 일을 그만둔 이유를 충분히 설명할 수 있었고, 누군가에게 적당한 위로를 받는 데도 문제가 없었다. 명과 내가 대화를 멈추지 않는 게 맘에 들지 않았는지 정이 끼어들었다.

"중국에 가본 적 있어요?"

"요즘 중국 한 번 못 가본 사람이 어딨냐."

한이 대답을 가로챘다.

"심지어 나는 거기서 한 달 동안 머물렀어. 너 기원전 11세기 갑골문자 본 적 있어? 나는 직접 봤어. 그거 보면 그런 소리 못하지. 기념품도 잔뜩 사왔다고."

"저는…… 중국에 아직 못 가봤어요."

나는 소심하게 대답했다. 어떤 쪽이든 기분이 별로였다. 가봤으면 정에게 죄를 짓는 것 같고, 안 가봤으면 한에게 무시를 당하는 꼴이었다.

"한 번쯤 가보고 싶었는데 말이죠. 운전하느라 시간이 없어서. 차로 갈 수 있는 데가 아니잖아요."

"배를 타든 비행기를 타든 마찬가지예요. 오히려 시간을 버신 겁니다. 그래봤자 중국에 간 게 아니라 중국에 간 기억을 얻은 거니까요.”

정의 표정은 자신만만했다. 그가 진심을 담아 설득하는 표정으로 한을 보며 말했다.

“기억을 주입하는 게 중국을 만들어놓는 것보다 훨씬 쉬워. 캐리어에는 네가 산 것으로 조작된 기념품이 잔뜩 들어 있고 말이지. 인천국제공항 어느 구역에선가 정신을 차렸겠지만, 너는 한 번도 중국에 간 적이 없어.”

어쩐지 흘려들을 수가 없었다. 내 증상과 정확히 반대인 셈이었다.

“하루 동안 중국에 드나드는 사람이 몇만 명은 될 텐데, 그 사람들의 기억을 일일이 조작한다고? 누가, 왜 그딴 짓을 하겠어?”

한이 반박했다.

“거기에 드는 수고보다 큰 걸 얻을 수 있다면, 충분히 그럴 수 있지.”

“네 말대로라면 오고가는 비행기에 같은 사람들이 타고 있어야 하잖아. 그건 누가 봐도 이상한데? 일단 엄청나게 멍청한 소리고.”

“비행기가 도착하는 곳은 중국이 아니라 지리상 중국이어야 할 자리야. 그러니까 중국만큼 커다랄 필요는 없겠지. 거기서 사람들을 택배 상자처럼 다른 비행기로 옮기기도 하고, 필요한 경우에는 옷도 갈아입혀. 일부러 상처를 내고 봉합하는 경우도 있지. 교통

사고 발생률 같은 통계를 유지해야 하니까. 일단은 그게 내 이론이야."

"무서운 일이네요."

내가 말했다. 명이 비웃지 말라는 듯 내 뒤통수를 때렸다.

"진짜예요. 정말 무서워요. 가짜 기억이면 기억이 없는 거나 마찬가지잖아요. 그러는 동안 진짜로 무슨 일이 일어나는지 모르는 거고. 그것만큼 무서운 게 또 있을까요."

나는 한정명, 혹은 정한명에게 '그 일'에 대해 말하기 시작했다. 남에게 이야기하는 건 처음이었다. 한이 정을 몰아붙이는 걸 듣고 있기 괴로워서 그랬던 것도 같다. 실수를 한 건 딱 한 번뿐이었다. '그 일'만 없었으면 무사고 구 년 차로 서울 시내를 누비고 있었을 것이다. 독산동에서 취객을 태우고 일산 쪽으로 운행을 시작했는데, 의식을 잃고 도착한 곳은 임진각 평화누리공원 주차장이었다. 길이 뚫린 대로 갔으니 파주까지 갔겠지만, 왜 하필 임진각이었는지는 모를 일이었다. 게다가 운이 더럽게도 없었던 게, 뒤에 태운 취객이 대공 업무를 담당하는 국정원 직원이었다. 난생처음 거짓말탐지기 검사까지 받아가면서 국내 요원을 납북하려는 공작원이 아니라는 걸 증명해야 했다. 결국에는 요금을 더 받으려고 임진각까지 밟았다는, 스스로도 납득할 수 없는 내용의 진술서를 써내고 나서야 이틀 만에 집에 돌아올 수 있었다. 사장에게 심한 욕을 들었고, 밀린 사납금을 내지 않는 조건으로 회사에서 당장 나가야

했다.

“이건 어떻게 생각하세요?”

그때 내 표정이 여행 다니던 동안의 그 어떤 순간보다 진지했을 거라고 확신한다. 정이라면 비슷한 이야기를 들어보지 않았을까 하는 기대가 있었다. 아니면 그 나름의 어떤 이론이라도 갖고 있을 거라고.

“그건…… 국정원이잖아요.”

“그래, 그건. 음. 국정원이니까요.”

안색이 바뀐 명이 잔에 남아 있는 맥주를 원샷하고선 말했다.

“그런 주제는 좀 그렇다. 여행 온 건데.”

명이 오징어 이야기를 다시 꺼냈다. 캐나다 오징어는 알을 낳기 위해 천 킬로미터 넘게 헤엄친다는 이야기를 들은 적 있다고 했다. 어디서 많이 들어본 이야기였다. 알을 낳는 것들은 자주 그러는 것 같았다. 그로부터 한 시간쯤 뒤에 정과 한이 엉겨붙었고, 그러고서도 명과 나는 술을 몇 잔 더 마셨던 것 같다.

“그때 말했던 건 괜찮아졌어?”

명이 물었다. 나는 그녀의 질문을 정확히 알아들었지만 일부러 못 들은 척 되물었다.

“지금 하는 대화는 도착해서도 기억하는 거야?”

“물론이죠. 그렇지 않으면 어떻게 택시를 몰겠어요.”

거짓말이었다.

명은 시티 투어 버스에 탄 관광객처럼 창밖을 두리번거렸다. 옆을 지나가는 차의 차종을 묻기도 하고, 송풍구에 끼워진 방향제의 다이얼을 최대로 열었다 닫기도 했다. 고속도로 진입로에서 차들이 속도를 줄이고 한 뼘씩 천천히 움직였다. 방음벽이 만든 그늘이 명의 얼굴을 가렸다. 이제껏 살면서 단 한 번도 만남의 광장에서 누군가를 만난 적이 없었다. 어째서 그런 이름을 지어놓은 걸까.

"생각해보면 꼭 나쁜 일인 것 같지는 않아. 운전을 난폭하게 하는 것도 아니고, 손님은 목적지에 무사히 도착하는 거잖아. 너는 돈을 벌고. 모두가 애초에 원하던 걸 얻는 거야. 일산 가는 손님은 조심해야겠지만."

"사람들이 원하는 게 그게 아니면요?"

"예를 들면?"

"그냥 택시에 타고 싶은 거죠. 택시에 타서 기사 옆자리에 앉아 아무도 들어주지 않을 하소연을 하거나, 뒷자리에 앉아서 괜히 운전석을 발로 툭툭 건드리거나. 그런 걸 하고 싶어서 택시를 잡는 사람도 있어요. 그런 사람들은 저한테 기만당했다고 생각할 거예요."

"그런 사람이 있어?"

"저도 가끔 택시를 타요. 일부러."

"나는……"

그녀는 말을 고르는 것처럼 뜸을 들이다 입을 열었다.
"만남의 광장까지 가는 버스가 없어서 택시를 탄 거야."
"알아요."
"택시기사가 하는 얘기를 듣는 것도 싫고, 무슨 얘기를 하기도 싫어. 기사가 고르는 라디오 주파수도 싫고 틀어놓는 노래도 싫어. 그런데도 그냥 타는 거야. 맥반석 오징어는 만남의 광장이 제일 맛있으니까."
"알겠어요."
"그렇다고 택시기사를 싫어하는 건 아니야."
"네."
"직업 때문에 누군가를 좋아하거나 싫어하는 건 부당하다고 생각해. 물론 직업이 성격에 어느 정도 영향을 미치긴 하겠지만, 그게 전부는 아니잖아. 성격적인 특성이 있어서 특정한 직업을 선택하는 사람이 있을 수도 있고. 그때 중요한 건 성격이지 직업이 아니니까."
택시는 평소보다 오래 걸려 고속도로에 진입했고, 모든 좌석에서 안전벨트를 착용하라는 안내가 내비게이션에서 흘러나왔다. 주말 저녁처럼 꽉 막혀 있었다. 매고 있던 안전벨트를 풀었다. 명은 나를 보고 안전벨트를 따라 풀었다가, 조금 뒤에 뭔가가 생각난 사람처럼 버클을 다시 채웠다.

한과 정이 뒤엉켜 주먹다짐을 한 다음날 나는 눈치를 보며 거실로 나왔다. 식빵과 삶은 달걀이 거실 선반에 가지런히 놓여 있었다. 맥주만으로 그렇게 취하고, 맥주만으로 그렇게 속이 쓰린 건 처음이었다. 뭐라도 뱃속에 집어넣어 쓰린 속을 달래야 했다. 식빵을 대충 씹다 삼키니 닭가슴살처럼 퍽퍽했다. 가슴이 답답해져서 시원하게 맥주라도 한잔하고 싶었다. 뒤늦게 나온 한이 내게 중국에 가자고 말했다.

"저는 중국이 있는 거 알아요. 굳이 중국에 가서 확인할 필요 없어요."

"중국이 있다고 생각하는 게 아니라 생각해본 적이 없는 거잖아요. 그런데 중국이 없다는 얘기를 들었고, 중국이 없다고도 하지만 중국은 있다, 정도로 생각하고 계신 거죠."

"따지고 보면 그러네요."

"그러니까 저랑 같이 가시자고요. 부정할 수 없을 만큼 완전한 중국에 가면 그런 쓸데없는 생각은 머리에서 지워질 거예요."

"생각이란 게 그렇게 쉽게 지워질까요?"

"제가 데려갈 곳은 베이징이나 상하이 같은 데가 아니에요. 세상 모든 게 중국처럼 보이게 만들어드릴게요."

맥주 생각이 더 간절해졌다. 그때 정이 배를 긁으며 거실로 나왔다. 그를 본 한이 내 쪽으로 몸을 붙이고 귓속말을 했다.

"지금 무슨 말을 꺼내야 할지 모르겠지만 일단은 이렇게 친근한 인상을 주자고요. 솔직히 말하면 무슨 짓을 해서라도 저놈을 약 올리고 싶어요. 저 자식 지금 좀 소외감을 느끼고 있으려나요? 아, 미처 말씀 못 드렸는데 비용은 제가 다 댑니다. 가방만 들고 따라오시면 돼요."

"에에?"

나는 깜짝 놀라 몸을 뒤로 뺐다.

"중국인 부자에 대해서 들어보셨죠."

"네 뭐…… 부자는 중국 부자들이 진짜 부자라고."

"제가 사실 중국인 부자예요."

"중국인이 아니잖아요?"

"네. 저희 가계는 삼 대째 한국에서 태어나고 자랐죠. 하지만 중국인 부자인 건 사실이에요. 왕복 항공료와 숙박비를 포함해서 모든 경비를 제가 책임질게요."

상황을 파악한 정이 한을 보고 혀를 찼다. 돈으로 어떻게 할 수 있는 게 아니라며, 그래봤자 중국은 없다고 비아냥거렸다. 가장 늦게 방에서 나와 이야기를 전해들은 명은 엄지를 번쩍 세웠다.

"정말 좋잖아? 공짜 여행이라니."

그녀의 말이 맞았다. 중국이 있든 말든 거부할 수 없는 매력적인 조건이었다. 정신을 차리고 보니 쓰촨성 청두공항으로 향하는 중국동방항공의 에어버스에 오르고 있었다. 의식을 잃었다는 이야기는 아니다. 발권부터 수속까지 정신없이 진행돼서 경황이 없었다는 거다. 비행기 좌석을 채운 건 대부분 동양인이었고 드문드문 피부색이 다른 탑승객이 눈에 띄었다. 말하는 걸 듣기 전에는 국적을 판단할 수 없었다. 생각해보니 사람들이 모국어로만 말한다는 보장도 없었다. 확실한 건 이 사람들 전부가 중국으로 향한다는 것, 그뿐이었다. 게다가 이 비행기가 향하는 중국이 사실은 중국이 아니라는 정의 말까지 떠올라서, 목적지도 없이 아무데로나 가달라고 하는 승객을 뒤에 태웠을 때와 같은 기분이 들었다.

중국에 처음 방문하는 설렘을 가득 품기 위해 내가 아는 중국에 대한 모든 것을 하나씩 떠올렸다. 천안문광장에 인형처럼 서 있는 공안이라든가, 중화요리 셰프 이연복이 선전하는 탄탄면 같은 것들 말이다. 기대하고 설레는 마음이 클수록 한이 좋아할 것 같았다. 어쨌든 돈을 다 내주는 사람이지 않은가. 옆자리에 앉은 한은 『척 보고 말하는 왕초보 여행 중국어』를 펴놓고 이따금 킥킥대며 책장을 넘겼다. "중국인들 이렇게 말 안 하는데……" 같은 혼잣말은 나 들으라고 하는 것 같았다. 비행기는 직항이 아니어서 상하이 푸둥공항에 두 시간 정도 머물렀다. 조명을 켜지 않아 어두웠지만, 긴장해서인지 잠은 오지 않았다. 한은 좀전까지 읽던 중국어 책을 뒤에서부터 다시 읽고 있었다. 코 고는 소리 사이로 희미하게 전해지는 중국어 발음에 집중했다. 승무원에게 맥주를 부탁했다. 아사히 두 캔을 가져온 승무원은 무척 자연스러운 한국어 발음으로 불편한 것은 없는지 물었다.

"이걸 보니 말인데, 저는 차라리 일본에 대해 의심하고 있어요."

맥주 한 캔을 세 모금 만에 비운 한이 말했다.

"일본은 정말 있는 걸까요?"

나는 맥주를 혀로 굴리며 점막을 자극하는 기포를 참아내던 중이었다. 한의 말에 대답하기 위해 입속에 있던 맥주를 한 번에 삼키려다 사레가 들렸다. 건너편 자리에 앉은 승객이 걱정스러운 눈빛으로 나를 쳐다봤다. 이유는 알 수 없지만 순간 그가 일본인인 게 틀림없다는 생각이 들었다. 승무원이 휴지를 가져다주며 한국어로 괜찮은지 물었는데, 맥주를 가져온 쪽과 다르게 어딘지 어색한 억양이었다. 나는 휴지로 입가를 훔치고 대답했다.

"일본은 가본 적 있어요. 고등학교 수학여행으로 교토에 갔거든요. 고성도 보고 신사에도 가고 했죠."

오랜만에 떠올리는 기억이었다. 신사 이름이 뭐였는지 말하려다가, 그 이름이 혀끝을 맴돌다가, 목구멍 뒤로 사라졌다. 구체적인 기억이 별로 없었다. 수학여행이라지만 나는 원래 아이들과 활발하게 어울리는 성격이 아니었다. 장기자랑 같은 걸 준비하지도 않았다. 그때나 지금이나 뭐든 혼자 하는 게 좋았다. 여행도 마찬가지였다. 누군가 돈을 내주지 않는 이상 말이다.

"아, 네. 그러시겠죠."

한은 갑자기 차갑게 변한 표정으로 고개를 돌렸다. 비행기가 종착지로 향하기 위해 엔진을 가동했다. 오징어처럼 납작하게 눌리는 감각이 지나가고 기체가 안정된 이후에도 한은 계속 굳은 표정이었다. 창밖에는 비행기 아래 갯벌처럼 깔린 구름 말고 아무것도 없었다. 나는 일본에 대한 생각을 머리에서 밀어내려고 눈을 감았다.

"일본은……" 한이 혼잣말하듯 입을 열었다. "글쎄요."

청두공항에 내려서 미니버스로 갈아탔다. 네 시간을 달려서 지명을 알 수 없는 곳에 도착했다. 거기서 택시로 한번 더 갈아탔다. 랑춘이었나, 랑쿤이었나 하는 곳으로 간다는 얘기를 듣긴 했는데, 정확한 지명은 지금도 기억나지 않는다. 지도에 나오지 않는 오지라고 했다. 게스트하우스에 도착했을 때 이미 주변은 어둡다못해 새벽빛이 감돌고 있었다. 고개를 젖히고 얼굴이 얼얼해질 만큼 차가운 공기를 들이마셨다. 지상에 빛이 없어 하늘이 새카맸다. 별이 많았는데, 그냥 많기만 한 게 아니었다. 부자연스러울 만큼 커다랗게 박혀 있는 오리온자리를 보며 고산지대에 와 있다는 걸 실감했다. 원래 살던 소수민족은 마을을 버리고 도시로 떠나고, 이제는 오지를 전문적으로 찾아다니는 관광객들만이 자신을 시험하기 위해 찾는 곳이었다.

"여기마저도 중국입니다."

이층침대 아래 칸에 짐을 푸는 한의 목소리에 벅찬 감정이 고스

란히 묻어 있었다.

"이렇게 멀고 구석진 곳마저도 멀쩡히 중국인데, 중국이 없다는 소리가 얼마나 헛소린지 짐작하실 수 있겠죠."

다음날부터 한과 나는 고대문명 유적지를 탐방하기로 계획돼 있었지만, 한이 몸져누워버렸다. 열이 펄펄 끓었고, 물 한 방울이라도 입에 들어가면 곧바로 속을 게워냈다. 고산병인 듯했다. 눈치가 보여 아무것도 할 수 없었다. 한이 고산병에 걸린 게 나 때문이 아닐까, 한 대신 내가 고산병에 걸리지 않은 게 잘못은 아닐까 하는 생각마저 들었다. 물수건을 짜서 그의 이마를 닦아냈다. 그런데 한은 생각보다 모든 일에서 긍정적인 의미를 찾아내는 사람이었다.

"이것…… 이것 말입니다…… 말하자면 일종의 풍토병 같은 게 아닐까요? 중국에서만 걸리는 병인 거죠. 저는 그렇게 생각하고 있습니다."

"글쎄요. 흔히 알려진 고산병 증상이지만, 그럴 수도 있겠네요. 맞아요. 그럴 가능성이 높아 보여요."

"후…… 정이라면 이걸 보고 뭐라고 했을까요? 이렇게 아픈 것도, 전부 꿈? 기억 조작? 대체 중국을 뭘로 보고. 저는 차라리 그 녀석이 불쌍해요. 어쩌다 그렇게 돼버렸는지 안타까울 지경이라니까요. 신기한 구석도 있네요. 어떻게 하면 사람이 그렇게까지 멍청할 수 있는지 물어봤어야 되는데. 연락 좀 해주시겠어요? 정

그 녀석한테?"

"이메일을 보낼게요. 뭐라고 할까요."

"말했잖아요. 어떻게 그렇게 멍청할 수 있는지 물어봐줘요."

"아…… 그건…… 그런 연락은 직접 하시는 게 좋겠어요."

"줘봐요 그럼."

한은 내가 들고 있던 스마트폰을 낚아채더니 정에게 뭐라고 메일을 적어 보냈다. 나는 한의 무례함이 도를 지나친 게 아닐까 생각했지만, 아픈 사람한테 예의를 따지는 건 가혹한 일인 것 같아 참았다. 비상약으로 가져간 두통약이 떨어진 뒤에는 아침저녁으로 콜라를 사다 주는 게 내가 할 수 있는 유일한 일이었다. 한은 코카콜라를 마시면 더부룩함이 덜하고 두통도 가라앉는다고 했다. 식은땀을 흘리는 그의 머리맡에서 잠들었다가 꿈속에서 코카나무가 머리를 덮치는 바람에 깼다. 갈증을 느낀 한이 빈 페트병으로 내 뒤통수를 치고 있었다.

그의 태도가 거슬리지 않았냐고 묻는다면, 물론 좋았을 리는 없지만, 이상하게 기분이 많이 나쁘지는 않았다. 악의가 있어서 하는 행동 같지는 않았다. 여행 비용을 댔기 때문에 봐주는 건 아니었다. 일단 그건 확실히 아니었다. 그래봤자 그거 전부 해서 돈 몇 푼이나 된다고, 애써 돈 때문에 모든 무례를 참는 건 아니었다. 사실은 맞았다. 택시에 오르는 순간 다른 사람이 된 것처럼 무례해지는 사람이 많았다. 내가 임진각까지 데려간 국정원 직원도 만만치 않았다. 운전하는 거 봐서 팁을 두둑하게 주겠다며, 모범택시를 타지 않은 게 몇 년 만의 일이라고 말했다. 그때도 나는 참았다. 택시를 몰다보면…… 자기 목숨이 내 손에 쥐어진 핸들 한 바퀴에 날아가버릴 수 있다는 걸 생각 않는 사람이 너무 많은 거다. 그런 인간이 차에 오르면 마지막으로 에어백 점검을 받은 게 언제인지 헤아려보곤 했다. 법인 택시의 안전점검이라는 게 다 날림일 확률이 높겠지만. 결국에 팁은커녕 대공분실 구경만 하고 왔다.

그러니까, 나는 한을 참아주는 게 아니었다. 참을 만한 거였다. 원래 그랬듯이.

눈을 떴을 때 앞에 한이 있었다. 언제 아팠냐는 듯 멀끔한 모습이었다. 시계를 보니 네시가 조금 넘었고, 창문 밖에 처음 도착한 날 본 오리온자리가 은빛 점으로 박혀 있었다. 비몽사몽한 상태로 바라본 한은 아이처럼 들떠 있었다. 꿈인가 싶었지만 꿈은 아니었다.

"오늘입니다. 일출 보러 가야죠."

"오늘이 무슨 날인데요?"

"중국 고유의 명절입니다. 다 같이 일출을 보는 날이죠. 이 지대가 일출을 보기에는 그만인 곳입니다."

"아픈 건 괜찮아요?"

"이날을 위해 여기까지 왔는데요 뭘. 어서 가시죠."

한의 성화에 눈을 비비고 일어났다. 문을 열어보니 쉼없이 흘러가는 인파의 강이었다. 전부 중국인 관광객들이었다. 어른, 아이, 노인 할 것 없었다. 부모, 형제뿐만 아니라 일가친척 전체가 한꺼번에 나온 것 같았다. 어른이 아이에게 화내고, 노인이 다른 노인에게 소리를 질렀다. 아이들끼리 장난치며 손바닥을 맞부딪쳤다. 혼이 빠질 것 같아 귀를 막았다. 한을 쳐다봤다. 그는 씽긋 웃었다. 자부심이 느껴지는 표정이었다.

"중국인들입니다."

밤새 레고로 만든 성을 부모에게 보여주는 아이처럼 보였다. 한은 내 손을 잡아끌고 인파 속으로 섞여들었다. 걷지 않아도 저절로 걸어질 지경이었다.

"곧 해가 뜰 텐데, 소원으론 뭘 빌 건가요?"

한이 내 귀에 대고 소리를 질렀다. 귀청이 떨어질 것 같았다. 나 역시 목청을 가다듬고, 한의 귀에 대고 대답했다.

"집에 가게 해달라고요."

"싱겁네요, 그런 소원."

이제까지 본 한의 표정 중에 가장 건방졌다. 진심을 다해 중국이 없다고 설명하던 정의 선한 얼굴이 떠올랐고, 그가 입고 있던 물 빠진 티셔츠가 보고 싶었다. 할 수만 있다면 당장 옆에 있는 한의 목을 꺾어버리고 싶었다. 비탈길을 따라 올라갈수록 인파가 늘어났다. 길이 있다고 생각하지 못한 곳에서도 사람들이 튀어나왔다. 한을 놓치지 않기 위해 그의 셔츠 끝자락을 꽉 잡았다. 마침내 도착한 정상은 화산처럼 가운데가 움푹 들어가 있었다. 한가운데서 중국인 관광객들이 세포분열 하듯 늘어났고, 가장자리에 있는 중국인 관광객은 비탈로 굴러떨어졌다. 나 역시 밀려나고 있었다. 결국엔 한을 놓쳤다. 마지막으로 그가 뭐라고 소리치는 걸 들었는데, 돌이켜보면 "중국은 있다"라고 힘차게 외친 것 같다. 비탈 끝에서 최대한 버티면서 인파 가운데로 들어가려고 했지만 힘이 부족했다. 경사면을 따라 구르는데 아프지 않았다. 아팠던가? 나중에 보니 온몸에 멍이 잔뜩 들긴 했는데, 아팠던 것 같지는 않다.

"그러고서 눈을 떴는데 비행기였다고? 인천국제공항?"

명은 맥반석 오징어를 막대 아이스크림처럼 빨고 있었다. 하얗던 오징어가 침에 녹아 투명해졌다.

"네."

"영험하다. 소원이 이뤄졌어."

"그러게요."

평일 낮 만남의 광장에는 생각보다 손님이 많았다. 광장도 아니고 만남도 없지만 맥반석 오징어는 맛있었다. '국내산(동해)'이라는 표시가 카운터 뒤에 붙어 있었다. 명확해서 좋았다. 북태평양 어딘가에서 태어났더라도, 동해에서 잡혔으면 동해산이 맞았다.

"인천에 내려서 제일 먼저 한을 찾았어요. 항공사에 물어봤더니 한이 티켓을 취소했다는 거예요. 전화도 안 받고, 메일을 보내도 답이 없었죠. 저는 중국에 갔다 왔어요. 여권에 분명히 도장이 찍혀 있거든요. 한은 어디로 갔을까요?"

"내가 찾아봐줄까? 사람 찾는 거 그렇게 어렵지 않아."

"그럴 마음까진 안 들어요. 한이 정한테 보낸 메일이 편지함에 남아 있었는데……"

"뭐래?"

"일본은 없다."

"그거 어디서 많이 들어봤는데. 책 제목 아니야?"

"맞아요."

나는 오징어 몸통을 채처럼 잘게 찢었다. 먹기 위해서가 아니었다. 기분이 이상해져서, 이유 없이 손이라도 움직이고 싶었다. 명은 내게서 오징어를 뺏어갔다. 그녀는 오징어의 몸통을 두껍게 찢어내 초고추장에 푹 담갔다. 그러고는 아이스크림을 권하듯 내 앞에 내밀었다. 명에게는 이야기해도 될 것 같았다. 아무에게도 발설하지 말라고 사장이 신신당부를 했지만, 실은 그렇게 낯선 이야기도 아니었다.

"국정원 직원이 저한테 사과했어요."

"왜?"

"간첩 사건을 조작해서 기소됐대요. 저번 일도 없었던 걸로 하자고…… 회사에서 보너스 받았어요."

"잘됐네."

"일본은 있어요?"

"정이 지금 일본에 있어. 요코하마라던가. 차이나타운에서 주방일 한대."

"잘 어울리네요."

나는 물 빠진 티셔츠를 입고 머리에 수건을 싸맨 정을 상상했다. 홀에서 아사히를 시키면 주방에서 중국어로 대답할 것이다. 그래도 꿈은 한국어로 꾸겠지. 거기서도 정은 중국이 없는 이유를 매일 하나씩 찾아내 노트에 적을 것 같았다.

"여기까지 오는 길에, 서초 IC 좀 지나서 말야. 우리 차가 갓길에서 튀어나온 거위를 쳤어."

"아니잖아요."

"응. 이번에는 맨정신으로 왔구나."

나는 명이 건네준 오징어를 껌처럼 씹다가 꿀꺽 삼켰다. 오징어는 미끄러지듯 잘 넘어갔는데 다른 것 때문에 목이 메었다. 눈이 빨개진 나를 보고 명은 무슨 일이냐는 듯 어깨를 으쓱했다. 나는 천천히 입을 열었다.

"어렸을 때, 추석에 할머니 댁에 가는데 고속도로가 꽉 막힌 거예요. 그때 아빠 차가 스텔라였어요. 시트가 레자도 아니고 천이라서 먼지가 엄청 났어요. 뒷좌석에서 뒹굴거리다가, 앞뒤로 꼼짝도 않는 차에서 내렸죠. 엄마랑 체조를 했어요. 다른 사람들도 전부 나와서 담배 피우고, 술래잡기하고. 그래서 내가 엄마한테 물어봤어요. 그냥 여기에 차 두고 다 같이 걸어가면 안 되냐고. 요즘도 가끔 그렇게 상상해요. 고속도로를 가득 메우고 다 같이 걷고 있는 사람들을. 그 상상이 현실보다 생생해요. 왜 현실에서는 그만큼 살아 있는 기분이 들지 않을까."

"나는 싱가포르에서 왔어."

"싱가포르요? 왜 하필 싱가포른데요."

"하필이 아니라 내가 왔어. 나 거기서 지냈어. 아빠가 주재원이었거든. 중국이나 일본은 모르겠고, 싱가포르는 확실히 있다. 내가 잘 알아. 여기 있거든."

명이 자리에서 일어나 오징어를 든 손을 앞으로 내밀었다. 컴퍼스를 돌리듯, 명은 자기 몸을 축으로 한 바퀴 돌았다. 그녀가 그린 동그란 공간에 마른 먼지 향기가 흘러들었다. 세상에 없는 다른 곳처럼 보였다. 명이 말했다.

"여기야. 싱가포르."

"가보고 싶네요. 싱가포르."

"나야 좋지. 언제나 환영이야."

어쨌든 하루하루

내가 고향에 돌아와 '시리어스 리'에 드나들기 시작한 건 정리해고와 이혼을 한꺼번에 겪고 얼마 되지 않아서부터였다. 두 가지 모두 가볍지 않은 문제였지만 아무래도 이혼보다는 해고 쪽이 견딜 만했다. 과거의 구조조정이 심각한 법적 분쟁과 사회적 혼란을 야기했던 것에 비하면 그때는 일종의 유행 같은 것이 돼버린 시점이었다. 시리어스 리는 음식이 형편없었지만 생맥주만큼은 시원하고 맛있었다. 사장은 이혼과 해고 어느 쪽을 극복하는 데도 도움이 안 되는 인간이었다. 그는 기분이 좋을 때도 거칠게 숨을 몰아쉬는 거구였고, 그 때문인지 시리어스 리를 찾는 손님보다 사장이 키우는 화분의 숫자가 많았다. 야구 경기가 시작할 시간에 고정적으로 가게를 찾는 너덧 명이 그곳의 얼마 되지 않는 단골이었다. 야구 시청 말고 내가 한 일은 헤어진 아내 이우선에 관해 생각하는 것이었다. 그녀를 그리워하고 증오하기를 번갈아 하다보면 하루가 금방 갔다. 이우선의 말투를 빌리자면 기억이 우선? 생활이 우선? 하는 문제에 있어서 좀처럼 활로를 찾지 못했던 셈이다.

내가 겪은 고통의 기원을 따지다보면 결국엔 '달 탐사 프로젝트'가 문제라는 결론에 이르렀다. 이혼과 해고 어느 쪽을 생각해도 그랬다. 정부가 야심차게 추진한 국정 과제였던 그 프로젝트를 보며 느낀 게 있다. 향후의 어떤 정부든 어떤 종류의 야심도 갖지 못하게 해야 한다는 거다. 달에 첫발을 내디딘 것은 미국인이었지만 달을 정복하는 건 우리가 될 거라는 게 대통령의 슬로건이었다. 실질적인 정복은 1967년 발효된 우주조약으로 인해 불가능했기 때문에, 우리나라 국기를 단 기계가 달 표면을 돌아다니는 것 이상을 기대할 수 없는 계획이었다. 당선된 대통령이 처음 한 일은 국기 왼쪽 구석에 달을 그려넣는 법안을 발의한 것이었다. 법안은 부결됐지만 새로운 국기 도안은 필통이나 가방에 인쇄돼서 저렴한 가격에 보급됐다. 그때까지만 해도 일종의 주말 예능 같은 구호라고 생각했던 프로젝트는 생각보다 구체적으로 진행됐다. 과학자들이 연구를 시작하고 UN 사무처에 계획안이 제출됐다. 내 아내 이우선은 기술분과의 수석 위원으로 달에 보낼 기계를 설계하는 핵심적인 역할을 맡고 있었다.

정부의 계획이 꼬이기 시작한 건 역시나, 모든 일이 그렇듯 법적인 문제가 발생하면서부터였다. 미국인 데니스 호프는 1980년부터 '달 토지 소유권'을 판매해왔다. 우주조약은 특정 국가가 행성을 소유하는 건 금지했지만 개인에 관해서는 제한이 없었다. 국기를 단 기계가 달에 돌아다니는 건 사유지 침해라며 정부를 상대로 투자자-국가 소송ISD이 제기됐다. 정부는 뒤늦게 데니스 호프의 달 지분과 개인들의 소유권을 매입했는데, 그 과정에서 엄청난 국가부채를 떠안았다. 우크라이나의 발사대에서 쏘아올린 탐사선이 달에 도착했을 즈음에는 모라토리엄을 피하지 못했다. 그런 멍청한 계획을 어째서 중도에 포기하지 않았는지 지금으로서는 이해가 되지 않지만, 그때는 다들 그래야만 한다고 믿었다. 어차피 할 수 있는 것도 많지 않은데 달이라도 한번 정복해보자는 의견이 많았고, 무슨 일이든 시작했으면 끝까지 가보자는 의식이 낡아빠진 신조처럼 남아 있던 탓도 있었다.

나는 밤마다 잠을 이루지 못했고 감기처럼 유행하던 우울 증세에 빠져 허우적거렸다. 이런 건 정말이지 사는 게 아니야, 싶다가도 죽는 건 나름 복잡하고 무서운 일이라 그냥 살았다. 아침이면 시리얼로 대충 배를 채우고 전날 야구 경기의 하이라이트를 시청하는 것으로 하루를 시작했다. 이미 생중계로 본 경기였지만 반복학습에 익숙한 세대라 버릇처럼 그렇게 했다.

그날도 해가 지기 전에 집을 나와서 시리어스 리로 향했다. 아직은 야구광들이 모여들 시간이 아니었다. 카운터에 놓인 커피나무 화분 옆에 반쯤 개봉된 상자가 눈에 띄었다. 너덜너덜해진 택배 송장에 아내의 이름이 언뜻 보였다. 내게 온 물건이 분명했다. 항의의 뜻으로 사장을 보며 상자를 턱짓으로 가리켰다.

"나는 경비 아저씨가 아니야. 허락도 없이 택배 창구로 쓰려면 그 정도는 각오해야지."

사장은 날이 공책만한 중식도로 생강을 썰고 있었다. 사장이 할 줄 아는 몇 가지 요리는 전부 생강을 재료로 했다. 생강 샐러드와 생강찜, 생강전골과 생강전 같은 것들. 식사 메뉴로는 생강볶음밥이 있었다. 칼을 든 사람에게 적극적인 항의는 애초에 불가능했다.

"뭐가 들었어요?"

"글쎄. 자세히는 안 들여다봤어."

"확인도 안 할 거면 뭐하러 뜯어봅니까."

"염탐꾼한테도 상도덕이란 게 있다고."

나는 상자를 들고 늘 앉던 자리로 가 앉았다. 헤어질 때 미처 정리하지 못한 물건인가 싶었다. 어차피 세간은 거의 아내 돈으로 샀고, 내가 챙긴 건 아내에게 선물로 받은 천체망원경 하나가 전부였다. 정말 가져오고 싶었던 건 치타였지만 아내가 내어줄 리 없었다. 치타는 원래부터 아내의 고양이였다. 아내의 집에 처음 간 날 치타는 하루종일 옷장 위에 올라가 내려오지 않았다. 아내와 나란히 침대에 누웠더니 뭐가 못마땅한지 야—옹도 아니고 이야—으 하는 소리를 내며 울었다. 새벽에 목이 말라 깼을 때 치타는 내 종아리에 등을 붙이고 잠들어 있었다. 집을 합칠 때는 아내의 집이 아니라 치타의 집에 들어가는 것 같아 기분이 좋았다. 치타가 있으면 아이를 갖지 않아도 될 것 같다는 생각마저 했다. 물론 아내에게 그런 이야기는 하지 않았다.

"전처랑은 완전히 끝난 거 아니었어?"

"와이프 이름을 어떻게 알아요?"

"자네가 술만 먹으면 욕하잖아. 여기 오는 사람들은 전부 아는 이름일걸?"

그러고 보니 그랬던 것도 같았다. 원래부터 못난 남편이었지만 갑자기 더 미안한 마음이 들었다. 술 취해서 전처를 욕하고 다니는 남자라니, 그야말로 최악의 인간이 아닌가. 내가 이우선이었대도 나를 떠날 수밖에 없었을 거다. 나는 심지어 양말도 한 짝씩만 잃어버리는 놈이었으니까. 잠깐, 그게 어때서? 그깟 양말 없어지면 마트 가서 사면 되지. 나야말로 이우선을 욕할 자격이 충분한 사람이었다. 어쩌면 유일할지도 모른다. 결혼생활은 서로에게 고통이었으니 책임은 쌍방에 있는 거라고! 아내를 생각하면 늘 이렇게 조울 증세가 휩쓸고 갔다. 두통이 몰려왔다. 사장이 상자를 얼른 열어보라고 재촉했다. 그럴 순 없지. 당신 호기심이나 채워주려고 이혼한 게 아니거든. 주먹을 쥐고 관자놀이를 지그시 눌렀다.

"어이, 괜찮은 거야?"

"괜찮고말고요."

"아무 일 없는 거지?"

"아무 일 없어요."

"그럼 이 가게를 직접 경영해보는 게 어때? 자네에게 정말이지 많은 일이 생길 거야. 권리금만 내면 인테리어값도 안 받을게. 진짜 단골이니까 특별히 제안하는 거라고."

사장은 가게 이름만큼이나 심각한 표정이었다. 나는 대답 대신 두 팔에 얼굴을 묻고 엎드렸다. 울 수 있다면 울고 싶은 심정이었다. 삼 년 만에 온 연락이 택배라니. 이혼서류가 날아왔을 때 나는 사인하지 않고 버텼다. 사랑이 남아 있다거나 결혼이란 제도를 의미 있게 여긴 것도 아닌데 이상하게 사인하기가 싫었다. 법원에 드나들고 변호사를 두 번 갈아치우고 회사에서 짤리는 동안 아내와 한 달에 한 번 만날 수 있어서 좋았다. 아내는 매번 코트 깃에 치타의 털을 묻히고 왔다.

"정말이네."

사장이 TV의 볼륨을 높이며 말했다.

"유명한 사람이라더니 정말이야. TV에 나와."

무슨 소린가 싶어 고개를 들었다. TV에 이우선의 사진이 나오고 있었다. 대통령과 나란히 서서 구석에 달이 그려진 프로젝트 깃발을 들고 있는 모습이었다. 앵커는 달 탐사 프로젝트의 수장 이우선씨가 실종됐다는 뉴스를 전하고 있었다. 나는 그녀가 수석 위원에서 차관급인 프로젝트 책임자로 승진한 것도 모르고 있었다. 야구 기사를 제외하곤 신문 한 조각도 읽지 않은 지 오래였다. 리포트도 없는 단신 뉴스였고, 앵커는 곧바로 다음 소식을 전했다. 벵에돔 낚시를 나간 지역주민이 갑자기 불어난 바닷물에 휩쓸려갔다고 했다. 실종도 유행인 걸까. 나는 이우선이 걱정되지 않았다. 며칠 있으면 뻔뻔한 얼굴로 나타나겠지. 같이 살아봐서 누구보다 잘 안다고 자부할 수 있었다.

점수 차이는 진작에 벌어졌지만 9회가 끝날 때까지 TV 앞을 떠나지 않았다. 이걸로 7연패 확정이었다. 열불이 나서 맥주를 연거푸 들이켰더니 집에 갈 때쯤엔 제법 취기가 올랐다. 새로 개발한 생강국수를 한술 뜨고 가라며 붙잡는 사장을 뒤로하고 집에 돌아갔다. 창문마다 블라인드를 꼼꼼하게 내리고 이우선이 보내온 상자를 열었다. 네모난 물체가 나왔다. 두부 위에 반으로 가른 방울토마토를 얹어놓은 모양이었다. 빨간 반구는 뭔가를 켜고 끌 수 있는 버튼처럼 보였다. 모서리에 안테나 같은 쇠막대가 솟은 걸로 봐서는 송신기의 일종 같았다. 달에 기계를 만들어 보내는 사람이 이런 허접한 물건을 보내오다니 알다가도 모를 일이었다.

폭탄은 아니겠지.

우리의 마지막이 아름답지는 않았지만 사람을 죽일 정도는 아니었으니까.

나는 용기를 내서 버튼에 손을 가져갔다. 생각보다 빡빡해서 힘껏 눌러야 했다. 딸깍, 소리를 내며 눌린 버튼이 두부 같은 본체에서 도로 튀어나왔다. 그 밖에 아무 일도 일어나지 않았다. 이게 전부인 건가? 하다못해 음성 메시지라도 흘러나올 줄 알았는데. 같이 사는 동안 아내가 했던 농담의 숫자를 세어봤다. 일곱…… 여덟…… 열 개보다는 분명 적었다. 장난으로 이런 기계를 보낼 사람은 아니었다. 혹시나 해서 버튼을 다시 눌렀다. 폭, 소리를 내며 버튼이 튀어올랐다. 딸깍, 폭, 딸깍, 폭. 뭐야 이거, 하는 기분이 들어 송신기를 던져버리고 이불을 뒤집어썼다.

아내가 달로 보낸 기계를 나는 '벼룩'이라고 불렀다. 벼룩은 다리가 여섯 개였고, 몸통은 있지만 얼굴이 없었다. 태양광 패널로 주전력을 충당했고 비상가동을 위한 소규모 원자로가 탑재돼 있었다. 겉보기엔 그럴싸했지만 사실 벼룩들은 할 줄 아는 게 아무것도 없었다. 사진을 찍지도 않고, 흙을 파고 들어가지도 않으며, 대기 성분을 분석하지도 않았다. 앞으로 가고, 뒤로 가고, 옆으로 가는 게 전부였다. 이우선은 벼룩들이 사선으로 움직이게 하는 데 가장 많은 개발비가 투입됐다고 말해줬다. 탐사선이 발사되기 얼마 전 열린 기자회견에서 그녀가 직접 밝힌 벼룩의 콘셉트는 '싸고 단순한 기계를 많이'였다. 어쩐지 시대적인 요구와도 부합하는 문구처럼 들렸던 탓에 많은 언론사가 기사 제목으로 썼다. 아내는 확실히 스타가 될 자질이 있었다. 잘만 하면 대통령이 될 수도 있었고, 그랬다면 미친 과학자가 세계를 망치는 전형에 부합했을 것이다. 못해도 과학기술부 장관 정도는 가능했다고 생각한다. 미친 과학자는 세계 대신 내각을 망쳤을 것이다.

결혼생활을 돌아보면 크레이터 사이를 목적 없이 돌아다니는 벼룩들의 활동을 떠올리게 된다. 그녀와 나 사이에는 애정을 담은 아침 인사도 없었고 사소하게 공유하는 비밀도 없었다. 가정이 우선? 직장이 우선? 하는 고전적인 질문을 던질 틈조차 없었다. 주행이 우선? 탐색이 우선? 형성이 우선? 성분이 우선? 같은 것들만이 그녀에게 중요했다. 돌이켜보면 언제나 '이우선이 우선'이었고 내게 관심을 보인 건 치타뿐이었다. 그런 아내에게 속아넘어간 건 처음 자고 일어난 날 내게 건넨 한마디 말 때문이었다. "신기하게 너랑 있으면 편히 잘 수 있어." 나는 그게 일종의 사랑 고백이라고 멋대로 생각해버렸지만, 얼마 안 가 진실을 알게 되었다. 달에 보낼 기계를 만들기 위해 태어난 사람이 오직 잠을 자기 위한 목적으로 나를 선택했던 거다.

15연패가 확정될 무렵 뉴스에선 프로젝트의 위기에 대해 연일 떠들고 있었다. 달로 보낸 기계에서 원인 미상의 폭발이 계속 관측됐다. 그깟 벼룩 몇 개 없어지는 게 뭔 대수인가 싶었다. 어차피 벼룩은 싸고, 차고 넘칠 만큼 많이 보내놓지 않았는가. 중요한 건 그게 아니었다. 자그마치 열다섯 번. 삼 주 내내 야구를 하고도 한 번을 이기지 못한 거다. 시리어스 리의 야구광들은 모두 나와 같은 팀을 응원했다. 프로야구가 지역 연고를 기반으로 운영되는 건 오랜 전통이었고, 어느 동네에 태어나는지는 맘대로 고를 수 없는 일이었다. 술집의 분위기는 어느 때보다 가라앉아 있었다. 사장이 자꾸만 시리어스 리를 인수해달라며 조르는 통에 웬만하면 그와 눈을 마주치지 않으려고 노력했다. 우리 팀이 열다섯 번 진 만큼 어느 팀인가는 이겼다. 물가가 요동치고 인심도 흉흉했지만 누군가는 야구를 보며 웃은 거다. 사회통합이 요원한 이유를 알 것 같았다.

16연패는 그림 같은 끝내기 홈런으로 확정됐다. 그날따라 연장까지 팽팽하게 버텨서 기대하고 있었는데, 상대편 9번 타자가 쏘아올린 공이 달을 배경으로 아치를 그렸다. 맞는 순간 홈런임을 직감했다. 홧김에 송신기를 부서져라 내리쳤다. 이우선은 역시 뛰어난 공학자였다. 내 주먹 정도로 부술 수 있는 기계가 아니었다. 그런데 홈런 장면 리플레이 화면을 보다가 무언가 이상한 걸 발견했다. 희미하지만 달에 빨간 점이 돋는 게 보였다. 쾅, 쾅, 쾅, 쾅 네 번을 내리쳤었는데 딱 네 개의 점이 생겼다. 쾅. 시험삼아 한번 더 내리쳐봤다. 약간의 시차를 두고 생중계 화면에 잡힌 반달에 빨간 점이 돋았다. 사장이 나를 보며 신경질을 냈다.

"가게를 부술 셈이야? 그럴 거면 아예 인수를 하라고. 그럼 부수든 불태우든 다 자네 맘이잖아. 싸게 준다니까."

"그래, 차라리 네가 사라 제발. 생강 요리를 얼마나 더 버텨야 되는 거냐."

옆에 앉은 남자가 사장을 거들었다. 하루가 다르게 머리카락을 잃어가는 동네 선배로, 간신히 남아 있는 옆머리를 무엇보다 소중히 하는 남자였다. 머리가 완전히 반질반질해지기 전에 우승하는 걸 보는 게 그의 유일한 소원이었다.

"네가 주인이 되면 우리 학교 총동창회도 여기서 열어줄게. 다들 고향에 내려와 있거든. 못해도 백오십 명은 모이겠다."

"우리 같은 학교 나왔잖아요."

"그럼 너는 회비 면제다. 넌 인상이 좋아서 장사하면 정말 잘될 거야. 요즘 같은 세상에 이렇게 쉽게 돈 벌 길이 어딨을 거 같냐?"

"몇 프로 받기로 했어요? 오 프로?"

"삼 프로."

선배는 나와 눈을 맞추지 않고 대답했다.

나는 남은 맥주를 한 번에 들이켰다. 사장은 구석에 앉은 다른 손님에게 인수를 제안하기 시작했다. 나 역시 빠른 시일 내에 사장의 짐을 덜어줄 호구가 나타나길 바랐다. 누가 뭐래도 생강에 맥주는 어울리는 조합이 아니었다. 프로야구 최다 연패 기록에 한 발짝 다가섰다며 절망하는 사람들을 뒤로하고 시리어스 리를 빠져나왔다. 주머니에 손을 넣어 버튼을 눌렀다. 딸깍. 몇 초 후 반달의 사라진 반쪽에 빨간 점이 돋았다. 딸깍. 달의 왼쪽 뺨 언저리에서 화농성 여드름이 터져나가듯 얼룩이 퍼졌다. 이우선은 미친

게 분명했다. 원래도 약간 미쳐 있었지만 제대로 미쳐버린 거다. 나는 이런 물건을 받기에 적합한 사람이 아니었다. 문과였고, 식품자원경제학과를 나왔고, 현재로서는 직업이 없었다. 벼룩이 터져나가는 건 물론 기분좋은 일이었다. 하지만 내 손에 버튼이 주어지는 걸 바란 적은 없었다.

이번 시즌을 포기하는 사람이 하나둘 늘면서 시리어스 리를 찾는 사람들의 발길도 뚝 끊겼다. 가게는 사실상 개점휴업 상태였다. 사장은 숨쉬는 걸 한숨으로 대체할 수 있는지 실험이라도 하는 것 같았다. 당장에라도 가게를 인수해서 '한숨 심하게 쉬는 분 출입금지'라는 팻말을 내걸고 싶었다. 시리어스 리를 개업할 때 사장은 다짐했다고 한다. 대단한 레스토랑까진 못 되더라도 동네에서 인정받는 요리를 만들자고. 비장한 표정으로 내게 말한 적도 있었다. 사람은 자신을 인정해주는 상대라면 화분이랑도 잘 수 있는 존재라고 말이다.

대통령이 연일 TV에 나와 달 탐사 프로젝트에는 차질이 없다고 역설했다. 최근 들어 기계가 폭발한 건 단순한 오작동일 뿐이며, 우리의 위대한 도전은 끝나지 않을 거라고 했다. 여론조사 결과를 보면 대통령의 말을 믿는 사람은 많지 않은 것 같았다. 사람들은 뭔가 잘못됐다는 걸 깨닫기 시작했다. 국회는 정부를 상대로 청문회를 준비하고 있었다. 핵심 증인으로 채택된 과학자 이우선의 행

방은 여전히 오리무중이었다. 여기저기서 달 탐사 프로젝트가 얼마나 멍청한 계획이었는지 성토하는 목소리가 나왔다. 이우선과 함께 지내며 벼룩의 아이디어를 초기 단계부터 지켜본 나로서는 뒤늦은 반성이라는 느낌이었다.

벼룩에 대해 조금만 생각해봐도 알 수 있는 일이었다. 정부는 '싸고 단순한 기계를 많이'를 모토로 벼룩을 만들었다. 복잡한 기계는 무겁고, 무거운 기계는 많이 보낼 수가 없다. 적은 수의 기계가 달에 갔다고 생각해보자. 한두 개만 고장나도 탐사에는 치명적이다. 게다가 복잡한 기계는 복잡한 일을 해야 되잖아? 복잡한 일은 어렵다. 어려운 일은 틀리기 십상이다. 근데 틀리다 맞는다 가르쳐줄 사람이나 다른 기계가 옆에 있을 리 없다. 그럼 틀린 줄도 모르고 틀린 일을 계속하겠지? 결국엔 버티지 못하고 터져버리거나 옆에 있는 기계를 터뜨릴 것이었다. 그런 실패라면 그나마 납득이라도 가능했다. 하지만 벼룩들은 달랐다. 벼룩에게는 성공의 조건이 없었고, 그래서 절대로 터져서는 안 됐다.

사람들은 대단한 걸 원한 게 아니었다. 딱히 하는 일은 없어도 꾸준히 달 표면을 어슬렁거리면서 우리가 달에 뭐라도 한 것 같은 기분을 느끼게 해주기를 바랐다. 정부는 벼룩이 폭발하는 이유를 설명하지 못했다. 나는 검지를 최대한 건방지게 움직여 송신기 버튼을 딸깍거렸다.

"내가 볼 때 저 사람은 처음부터 대통령에 소질이 없었던 거야.

다른 일을 했으면 훨씬 행복했을 텐데."

사장은 진심으로 안타까워하고 있었다.

"자기가 뭘 잘하는지 아는 사람이 몇이나 되겠어요."

내가 대답했다. 실은 사장을 염두에 두고 한 말이었다. 사장도 요리 말고 다른 일을 하는 편이 훨씬 행복할 것 같았다. 다행히 내 말의 의도를 알아차린 것 같지는 않았다. 나 역시 자신을 객관적으로 보는 것에는 소질이 없는 사람이었다. 그러고 보면 세상은 꽤나 불공평했다. 어떤 사람은 잘 못하는 것도 그럭저럭 해나가면서 지내니까 말이다. 문 닫을 시간까지 내내 우울해하던 사장은 카운터에 놓여 있던 커피나무 화분을 들고 나와 함께 퇴근했다.

밤새 뜬눈으로 천장을 보다가 해고 동기 몇 명에게 문자를 보냈다. 새벽이 깊어서야 한 명에게서 답장이 왔다. 해 뜨는 걸 보려고 지리산에 오르는 중이라고 했다.

'너 산이라면 질색이잖아.'

'그건 사장이 주말마다 억지로 부르니까 그랬던 거고. 등산이 체질인 것 같아.'

'돈도 안 되는 일에 뭐하러 힘써.'

'그러는 너는 뭐하고 지내는데?'

나는 달리 대답할 말을 못 찾아서 핸드폰을 내려놨다. 생각해보니 이혼하고 단 하루도 편히 잠든 날이 없는 것 같았다. 잠드는 건 아예 포기하고 일어나 컴퓨터를 켰다. 늦기 전에 팀을 해체해야 한다는 글이 야구 게시판에 올라와 있었다. 지켜보는 팬들을 위해서나 리그 전체를 위해서도 그러는 편이 낫다는 이야기였다. 나는 굳이 로그인까지 해서 비추천 버튼을 눌렀다.

이우선이 시리어스 리에 들어온 건 오후 네시를 조금 넘긴 시각이었다. 선글라스를 끼고 야구모자를 눌러썼지만 발소리만으로도 그녀인 걸 알아차렸다. 내가 그 시간을 정확히 기억하는 건 파리가 늘어뜨린 그림자의 길이를 측정하는 중이었기 때문이다. 사장은 오랜만에 손님이 들어 다소 흥분한 눈치였다. 그는 생강 냄새가 풍길 법한 메뉴판을 이우선 앞에 놓고 공손히 손을 모았다. 이우선은 메뉴판을 읽고 조금 당황한 눈치였다. 앞뒤로 다섯 번 정도 넘기다가 결국에 고른 건 생강차였다. 나는 맥주잔을 들고 이우선의 옆으로 자리를 옮겼다.

"다들 너를 찾던데."

"평생 못 찾을 거야. 나는 기계만 잘 만드는 게 아니거든."

"여긴 어떻게 알고 왔어?"

"얘기했잖아. 나는 기계만 잘 만드는 게 아니라고."

이우선이 시리어스 리로 택배를 보내온 게 떠올랐다. 그녀는 헤어질 때보다 뺨이 조금 핼쑥해 보였다. 처음 만났을 때처럼 아내를 웃게 만들고 싶었다. 필요한 건 재치 있는 나와 아무 말에나 잘 웃는 너였다. 가게에는 둘 중에 한 가지도 준비돼 있지 않았다. 나는 그녀의 안부만큼이나 궁금했던 것을 물었다.

"치타는?"

아내는 대답 대신 고개를 뒤로 꺾었다. 선글라스에 가렸지만 눈물이 맺혔다는 걸 알 수 있었다.

"집을 나가버렸어. 예상은 했는데 조금 갑작스럽더라. 시국이 이러니 말릴 수도 없고……"

"그래. 시국이…… 아무래도 그렇지."

알 수 없었지만 한편으로는 알 것 같아 고개를 끄덕였다. 사장이 다가와 식사 메뉴를 준비할지 물었다. 생강절임을 곁들인 생강 파스타를 주문하면 특별 할인이 적용된다고 했다. 이우선은 밥을 먹고 와서 괜찮다고 대답했다. 사장이 간절한 눈빛으로 이우선을 바라봤다. 그녀는 마지못해 생강 리소토를 주문했다.

"이젠 어떻게 할 거야?"

"한국을 떠야지. 여기에는 안 좋은 기억밖에 없어." 이우선은 손을 뻗어 내 앞에 있는 맥주를 집어가더니 크게 한 모금 들이켰다. "오, 여기 맥주는 괜찮네?"

"나를 포함해서?" 내가 물었다.

"당신이 핵심이야." 이우선은 빙긋 웃으며 대답했다. "벼룩은 원하는 만큼 터뜨려. 원래부터 맘에 안 들어했잖아."

이우선은 생강차를 밀어놓고 내 맥주잔을 자기 앞에 가져다놨다. 꿀렁꿀렁 맥주를 넘기는 그녀를 보니 갑자기 마음이 시렸다.

내가 정말 저 여자를 사랑하긴 했던 걸까? 솔직히 말하자면 엄청 사랑했다. 그녀도 처음에는 그랬던 것 같다. 벼룩에 대해 이야기할 때면 이우선의 눈이 반짝거렸다. 그녀는 달에 대해 말하는 것도 좋아했고, 화성의 위성들을 개성 넘치는 동네 꼬마들에 비유해 설명해주기도 했다. 나는 주로 TV를 보며 그 이야기를 들었고, 침대에서는 아내의 목소리가 마취제 같다고 생각하며 스르르 잠들었다. 그녀 앞에 놓인 잔은 어느새 비어 있었다.

"좋아했잖아. 기계 만드는 거."

"나는 원래 뭔가를 좋아하는 걸 잘해."

"정말 내가 다 터뜨려버려도 상관없어?"

"응. 한번 싫어지면 다시는 안 보거든."

"그래. 그렇겠지. 이우선이 우선이란 거잖아."

아내는 슬픈 표정으로 웃었다. 그녀가 아직 하지 않은 이야기가 많은 것 같았지만 물어볼 용기는 나지 않았다. 사장이 김이 피어오르는 리소토를 테이블로 가져왔다. 생강 향이 코를 찔러 저절로 인상이 찌푸려졌다. 그녀는 움푹 들어간 숟가락으로 리소토를 한술 떴다. 냄새를 맡더니 입으로 가져갈 생각도 않고 내려놓았다. 아내는 자리를 정리하며 나갈 채비를 했다. 나는 그녀의 팔목을 잡았다. 입 밖으로 꺼내진 않았지만 내가 하려는 말이 무엇인지 그녀도 알고 있었다. 아내는 고양이를 어르듯 내 머리를 쓸어내렸다.

"차라리 선인장 같은 걸 사다가 키워. 너한테는 그게 더 어울려.”

“나랑 같이 있으면 편히 잘 수 있다며.”

아내는 의아하다는 표정을 지었다. 나를 빤히 쳐다보더니 천천히 입을 열었다.

“있잖아, 그 얘기는 당신이 한 거야. 내가 아니라.”

나는 아내가 나가버린 출입문을 멍하니 바라봤다. 그럴 리가 없었다. 그녀는 거짓말을 한 게 분명했다. 그 말을 건네는 이우선의 표정이 생생히 기억나고, 내가 답례로 지은 표정까지 머릿속에서 재생할 수 있었다. 그때 무언가가 나를 번뜩 스쳐갔다. 아내와 마주앉아 있던 내내 어딘지 거슬리고 불편했는데, 그제야 이유를 알 것 같았다. 그녀는 세심하게도 라이벌 팀의 모자를 쓰고 왔던 것이다. 이번 시즌 상대 전적은 압도적인 열세였다. 사장의 표정도 좋지 않았다. 손도 대지 않은 리소토는 딱딱하게 굳어 있었다.

가게 문을 열고 선배가 들어왔다. 바람에 날린 옆머리를 가다듬다가 사장과 내 얼굴을 보고 무슨 일이 있느냐고 물었다. 각자의 이유가 있었지만 일단 나는 대답할 기분이 아니었다. 선배는 뉴스도 안 보고 뭐하느냐며 핀잔을 주더니 TV를 켰다. 긴급 속보를 알리는 자막이 화면에 빨간 띠를 두르고 있었다. 정부가 그만둬버렸다. 아, 정부가? 정부가 진짜 그만둬버린 거다.

정부 대변인이 카메라 앞에 서 있었다. 장례식에 참석한 것처럼 까만 양복에 까만 타이를 맨 차림이었다.

"정부는 오늘부로 자발적 해체를 선언합니다. 그동안 사랑해주신 여러분께 감사드립니다. 묵묵히 응원해주신 덕분에 여기까지 왔습니다. 질타와 격려 속에 걸어온 이 길의 마침표를 지금 여기에 찍습니다. 제가 마지막 남은 정부입니다. 이 발표를 마치면 저도 떠납니다."

대변인은 카메라 앞에 구십 도로 허리를 꺾어 인사했다. 그럼 야구는? 걱정스러운 마음이 앞섰다. 선배가 내 마음을 읽기라도 한 것처럼 말했다.

"야구는 괜찮아. 이번 시즌은 어떻게든 끝까지 간다더라."

정부가 그만뒀지만 세상은 아무 일 없다는 듯 돌아갔다. 야구는 계속 졌고 사장은 날이 갈수록 안색이 어두워졌다. 공채에 갓 합격해 연수원에 들어가 있던 발령 대기자들이 마지막 공무원이었다. 그들은 자기들끼리 장관 임명을 시작할지 여부를 놓고 매일 토론을 벌였다. 아무래도 결론이 나지 않아 뉴스는 일주일에 한 번 정도 토론 경과를 보도했다. 벵에돔 낚시꾼이 무사히 돌아왔다는 소식이 전해졌다. 그 남자는 실종된 사이 달에 다녀왔다고 주장했는데, 정부가 그만두면서 경찰도 사라져서 진실을 밝혀낼 길이 없었다. 남자의 가족들은 조만간 정신감정을 의뢰할 거란 계획을 밝혔다.

시즌 최종전을 기념하기 위해 시리어스 리에서는 조촐한 파티가 열렸다. 공무원 하던 사람들이 전부 고향에 내려와 얼추 동네 잔치 비슷한 모양이 됐다. 자랑할 거리를 가져온 사람이 아무도 없어서 분위기가 맨숭맨숭했다. 나는 선심 쓰듯 창가에 송신기를 꺼내놓았다. 옆에는 아내가 준 천체망원경을 설치했다. 안타를 하나 맞을 때마다 버튼을 누르게 해주겠다고 말했지만 사람들은 심드렁했다. 낙차 큰 커브를 받아친 상대편 타자가 아슬아슬하게 세이프 판정을 받았다.

"망원경에 눈을 대고 버튼을 눌러봐요."

선배가 옆머리를 쓸어올리며 용기 있게 나섰다. 버튼이 딸깍, 하고 네모 속에 파묻혔다.

"와, 이거 진짜네? 달에서 뭐가 막 번쩍해."

사람들이 망원경 곁으로 모여들었다.

"뭔데? 뭐가 진짜야?"

"이거 누르니까 팍 터져, 저기서."

"이거야? 이것 때문에 달에 있는 기계가 폭발한 거야?"

다들 경악한 표정으로 나를 바라봤다. 나는 긍정도 부정도 않고 그저 어깨를 으쓱했다. 다들 정부가, 이러니 정부가 그만둬도 이상할 게 없지, 하며 혀를 찼다. 너도나도 버튼을 눌러보겠다며 어깨를 밀쳐댔다. 나는 손을 내저으며 사람들을 진정시켰다.

"이제 겨우 1회 초잖아요. 여기 있는 사람들이 최소한 두 번씩은 누를 수 있어요."

사람들은 고개를 끄덕이며 TV로 눈길을 돌렸다. 경기가 끝나면 아마도 우리 팀은 세계적으로 전무후무한 30연패 기록을 달성할 가능성이 높았다. 한국 프로야구 사상 18연패가 최고 기록이었고, 메이저리그를 따져도 26연패가 전부였다. 지금은 사라진 루이빌 커널스의 기록은 심지어 19세기 이래로 깨지지 않은 대기록이었다. 사람들은 안타를 맞을 때마다 환호하며 송신기 앞으로 갔다. 달에는 아직도 차고 넘칠 만큼 많은 벼룩이 있었다.

뒤에서 누가 어깨를 쳤다. 가볍게 맞은 것 같은데 저릿저릿했다. 사장이었다.

“시리어스 리를 너한테 넘기려고.”

“말했잖아요. 저 돈 없다고요.”

“아니, 그냥 넘길 거야. 돈은 필요 없어. 여기서 신발을 팔든 생선을 떼다 팔든 맘대로 해.”

장난치는 표정은 아니었다. 애초에 사장의 얼굴은 장난에 적합하지 않았다. 부풀어오른 눈물이 금방이라도 뺨에 떨어질 것 같았다.

“어디든 가서 진짜 요리를 배워와야겠어. 그때까지 네가 부수지만 말고 좀 맡아줘.”

“부수긴 왜 부숴요. 여긴 생맥주가 맛있잖아요. 내킬 때 나와서 맥주나 팔게요. 나도 좀 마시고.”

나는 사장을 진심으로 응원하고 싶었다. 어쨌든 시리어스 리 덕분에 해고도 이혼도 슬기롭게 넘겼으니까. 사장의 커다란 손이 내 손을 덮었다.

"그럼 간단한 생강 요리를 알려줄게."

"아니, 괜찮아요. 저는 맥주만 팔게요."

마주잡은 사장의 손을 아래위로 힘껏 흔들었다.

"그리고 말야, 네 전처는 괜찮은 사람인 것 같더라. 리소토에는 손도 안 댔지만."

사장이 눈을 적신 물기를 닦으며 말했다.

"자세히는 몰라도 네가 잘못한 거 같더라고. 그냥 그런 느낌이 들었어."

나는 사장의 말에 아무런 대답도 할 수 없었다. 맞고 틀리고를 떠나서 생각이 필요한 문제였다. 사장은 조용히 카운터로 가더니 짐을 싸기 시작했다. 그는 가게에 있던 화분을 전부 테라스로 내놓고, 오랫동안 출퇴근을 함께한 커피나무 화분만 따로 포장했다. 간판 구석에 달을 그려놔야겠다고 생각했다. 가게 이름은 시리어스 김으로 바꾸는 게 좋을 것 같았다. 사장이 돌아오면 이름도 돌려줘야지. 경기는 최종전답게 큰 점수 차이로 리드당했다. 사람들은 한 번이라도 더 버튼을 눌러보고 싶은 마음에 상대 팀을 응원했다. 선배가 맥주잔을 들고 내 옆으로 왔다.

"내년에는 우승하지 않을까? 이렇게 바닥을 치고 나면 뭔가 대단한 일이 생길 거 같지 않아?"

"왜 이래요. 이 팀은 지구가 멸망할 때까지 안 되는 거 알잖아요."

"하긴, 그렇지?"

"구십구도 아니고 백으로 장담해요. 태어나서 이렇게 자신 있게 말하는 건 처음이에요."

"그래도 내년 되면 시범경기부터 챙겨 볼 거잖아."

"내년에도 야구를 한다면 말이죠."

"그래. 내년에도 야구를 한다면."

나는 선배와 잔을 부딪치고 남은 맥주를 입에 쏟아부었다.

두번째 이혼도, 다시 고양이를 키우는 일도 없을 것 같은 예감이 들었다.

이인제의 나라

내가 「이인제의 나라」의 초고를 쓴 지 벌써 육 년이란 시간이 흘렀다. 자고 일어났더니 세상이 갑자기 이인제의 나라가 되었다는 내용의 「이인제의 나라」는 육 년 동안 열다섯 번 남짓 고쳐쓰는 동안 한 번도 세상에 공개되지 못했다. 「이인제의 나라」가 지면에 발표되었다면 그 순간부터 「이인제의 나라」는 특별한 일이 없는 한 퇴고할 필요가 없었을 것이다. 책으로 묶였다면 약간의 수정이 있을 수도 있었겠지만 지금처럼 큰 틀에서 이야기가 왔다갔다할 일은 없었을 것이다. 여러 번의 퇴고가 진행되는 동안 돼지를 치는 아빠가 오리를 기르는 엄마로 변했고 다시 돼지를 치는 엄마가 되었다가 평생 아무것도 하지 않고 놀고먹는 아빠로 변하기도 했다. 그러는 동안에도 꾸준히 '선배'라는 사람이 등장해 이야기의 진행을 보조했는데, 그는 한때 문래동 로컬 헤비메탈 밴드의 퍼스트 기타리스트로 활동하다가 현재는 화자와 함께 작은 인터넷 언론사를 운영하는 기자라는 설정에서 크게 벗어나지 않았다. 2014년 판본의 이인제는 스스로 할 수 있는 게 아무것도 없는 무력한 어린아이처럼 그려졌지만, 2017년의 이인제는 때때로 목소리를 바꿔 우렁찬 호령을 하는 당찬 모습으로 그려지기도 했다. 가장 최근인 2019년의 이인제는 그 두 가지 모습이 공존하는 식으로 그려졌는데, 애처로운 눈빛으로 화자의 차를 얻어 탄 뒤 충청도 도계에 이르러서는 벼락같은 기세로 군부대의 차단망을 뚫고 전진하는 시도를 보여주기도 했다.

중요한 것은 육 년의 세월 동안 소설 속 이인제가 자신의 모습을 여러 가지 형태로 바꾸어가는 동안에도 '이인제' 자체는 크게 변하지 않았다는 점이다. 그것이 「이인제의 나라」가 가진 기획의 핵심이기도 했는데, 2014년 이 소설을 처음 썼을 때 내게는 '이인제'가 아무것도 아니라는 확고한 믿음이 있었다. '이인제'는 그 무엇도 아니고 그 무엇이 아닌 것도 아니었다. 이것은 '이인제'라는 법조인 출신의 중견 정치인에 대한 폄하를 담고 있는 무례한 평가라기보다 한국 정치에서 '이인제'라는 현상 혹은 '이인제'가 점유하고 있는 위상에 대한 숙고에서 비롯된 것이었다. '이인제'는 한국 정치의 텅 빈 기표 그 자체이자 한국 정치의 텅 비어 있음에 대한 물리적인 구현으로서, 세상은 절대로 '이인제의 나라'가 될 수 없고, 한편으로 세상이 '이인제의 나라'가 된다고 해도 그렇게 큰 문제가 될 것 같지도 않은 기분이 드는 한편, 세상은 어쩌면 이미 '이인제의 나라'일지도 모른다는 일종의 패배주의적 현실 인식이 반영된 것이 바로 소설 「이인제의 나라」였다.

혹여 육 년이란 시간이 흐르는 동안 '이인제'가 화려하게 부활하여 '이인제의 나라'가 웃어넘길 수 없는 하나의 사건이 되거나, 지나치게 추락하여 한 개인에 대한 지나친 조롱이 된다면 이 소설은 세상에 내놓기도 전에 실패할 운명이었다. 하다못해 김종필의 빈자리를 채울 충청도의 맹주로서 확고히 자리매김한다거나, 일일이 나열하기도 번거로운 퇴행적 정치 지형의 어느 자리에서 '이인제'가 김문수만큼의 과격한 변신을 꾀한다면 「이인제의 나라」는 의혹과 해명의 대상이 될 것이 분명했다. 그러니 '이인제'가 지금처럼 언제나 앞으로도 심대평을 조금 상회하는 정도의 존재감만을 유지해준다면 이 소설이 시작하기도 전에 좌초되는 일을 맞이하지는 않을 거라는 것이 내 판단이었다.

내가 이러한 믿음을 유지할 수 있었던 것 역시 이인제들 덕분이었다. 내 주변의 이인제들을 하나로 묶어준 건 우리집 앞 '최강헤어'의 이인제 사장님이었다. 그는 다운 펌을 하러 간 내가 주책없이 쏟아낸 「이인제의 나라」의 구상을 듣다가 갑자기 눈물을 쏟아내 나를 당황스럽게 만들었다. 그는 현재까지도 「이인제의 나라」의 기획이 지닌 핵심을 누구보다 깊이 이해하고 있는 사람 중 하나로, 이는 그가 어느 대통령선거에서 박찬종을 뽑기도 한 것으로 보아 충분히 증명될 수 있는 사실이었다. 그러니 그의 눈물은 '이인제'에 대한 동경이나 연민에서 비롯된 것이라고 볼 수 없고, 이인제인 자신에 대한 회한과도 거리가 먼 어떤 것이었다. 어느 순간 그를 관통한 것은 '이인제의 나라'라는 여섯 글자 그 자체였다. 그 나라가 이름만으로 뿜어내는 불명한 의미의 공허한 그림자가 그의 삶 전체를 지배해온 깊고 어두운 구멍을 건드린 것이다. 나는 결국 그날 머리 손질한 비용을 면제받았고, 얼떨결에 최강헤어의 이인제씨가 조직하기 시작한 '이인제회'의 상임고문을 맡게 되었다.

이인제회의 가입 조건은 무척 간단했다. 이인제와 음성학적으로 유사한 사람 혹은 유사하다고 느끼는 사람은 누구든 회원이 될 수 있었고, 가입은 허가가 아닌 신고제로 운영하여 완전히 개방적인 조직을 추구했다. 탈퇴에 관해서 따로 정관을 두지 않아 한 번 들어온 사람은 나갈 수 없었다. 다만 활동이 미미한 회원에 대한 제재나 독촉도 하지 않았으므로 이인제회와 거리를 두고 싶다면 이인제회가 보내는 정기적인 알림 문자를 스팸 처리하면 그만이었다. 최강헤어의 이인제 사장님을 비롯해 이인제, 이인제, 이인재, 기민재, 이은제 등이 이인제회의 초기 행보를 이끌어간 주요 멤버들이었다. 우리는 일 년에 두어 차례의 산행과 몇 번의 회식을 열었다. 이인제회의 주요한 활동은 특별할 것이 없었다. 그게 '이인제'와 어울리는 일이었기 때문이다.

가끔씩 모여 '이인제'에 관해 이야기하던 이인제회가 그렇게 무의미한 모임마저 지속하지 못하게 된 것은 예상외의 유의미한 반격이 시작됐기 때문이었다. 새로 가입한 회원들의 이름이 조금씩 이인제와 거리가 생기기 시작했다. 심민재까지는 그렇다 치더라도 김민평, 임대형, 조충민 같은 이름의 신규회원이 유입됐다. 그들도 처음에는 '이인제'에 대해 이야기했고, 논산의 가마우지에 관심을 보였으며, 중앙 정치 이야기는 일절 하지 않았다. 그러다가 어느 순간 충청도의 미래를 논했고, 김종필을 찬양했으며, 결정적으로 심대평에 관해 말하기를 즐겼다. 그들은 어떤 이야기를 하든 말미에는 이런 문장으로 자신들의 속내를 드러냈다. 하지만 심대평이었다면 어땠을까요?

"작가님도 그래요. 「이인제의 나라」라는 거, 아주 대단한 기획입니다. 그만큼 의미 없는 소설이 또 어딨겠어요. 내가 라디오 PD라면 지금 당장 〈박찬종의 시사 직격〉 같은 프로를 올릴 겁니다. 하지만 심대평은요? 「심대평의 나라」였다면 어땠을까요? 「이인제의 나라」만큼이나 근사한 소설이 나올 것 같은데요."

"'이인제'라는 게 저는 어떤 축제처럼 느껴집니다. 아무 해도 끼치지 않고, 누구나 와서 즐길 수 있는 '제48회 논산시청 주관 한마당 이인제祭' 같은 게 있다면 누구라도 그냥 지나칠 수 없겠죠. 하지만 심대평이라면 어떨 것 같으세요? 심대평 전 지사의 눈을 보세요. 처진 눈꼬리를 가둔 각진 안경알 뒤에 촌철살인이 숨어 있을 것 같다는 생각을 해본 적 없습니까?"

"예를 들면 이런 거죠. 주인공이 요식업에 뛰어드는 소설을 써보세요. 어죽 같은 걸 파는 작은 가게를 낸 겁니다. 그런데 어느 날 심대평이 방문해서 기가 막힌 평을 남기는 거예요. 그날로 장사는 대박이 나기 시작하고요. 이런 건 뭐랄까, '심대평의 맛 대 맛' 같은 제목이 적당할 것 같지 않습니까?"

심대평 추수꾼들에게 시달린 이후로 최강헤어 이인제 사장님의 뜻에 따라 이인제회는 공식적인 활동을 잠정 중단했다. 이인제회의 초기 멤버들끼리 은밀히 갖던 비정기 모임마저 개최하지 않았다. 그중 몇이 심대평 쪽으로 넘어간 것이 확인됐기 때문이다. 어느덧 이인제 사장님과 나, 둘만의 모임이 된 이인제회의 비공식 총회에서 나는 이인제 사장님에게 평소 궁금했던 것 한 가지를 물었다.

"이인제회에 '이인제'가 가입하면 어떻게 되는 건가요?"

"'이인제'라면…… 그 '이인제' 말인가?"

"네. '이인제'라면 어떨까, 하는 말씀이죠."

"그렇게 되면 이인제회는 그걸로 끝일세. 그 즉시 사라지는 거야. 쾅. 빅뱅 같은 게 일어나겠지."

내가 「이인제의 나라」 초고를 쓸 당시에 '이인제'와 함께 관심을 가지고 있던 건 '가야'였다. 알다시피 가야라는 나라가 있었다. 왕조로 번성했던 나라 중에 아직까지 행정구역으로 남아 있는 건 가야뿐이었다. 예외적으로 부여가 있긴 하지만 만리장성 이북에 있던 부여는 아무래도 거리감이 느껴진다. 게다가 부여는 부여가 있던 자리에 있지도 않지만 가야는 가야가 있던 자리에 버젓이 가야라는 이름으로 남아 있다. 이 나라가 전에 있었던 나라에게 허락해주는 건 대학교 이름, 딱 거기까지다. 신라대, 백제예술대, 고구려대, 고려대, 조선대를 생각해보면 알 수 있다. 고려동이 있던가? 조선동은? 없다. 본능적으로 두려워하고 있는 거다. 경상북도 상주군에 신라면을 만들어줬는데 갑자기 그 지역 이장들이 연합해서 면장을 왕으로 세운다고 생각해보자. 신라 부흥 운동이라는 명분이 생겨버리는 거다. 그런데 가야는 "저 가야 할게요", 해도 "응, 너 가야 해" 하고 마는 거다.

나는 이인제 사장님에게 이 이야기를 한 적이 있는데, 그는 이인제에 이어 가야에 대해서도 깊은 공감을 표했다.

"슬프네. 리움미술관에서 대가야 금관을 본 적 있는데, 정말 아름다웠거든."

"거봐요. 공립대가야박물관이 아닌 거잖아요."

"글쎄 그건 좀…… 나라면 리움에 있는 것도 나쁘지 않을 것 같아."

"하긴 그렇네요. 관리의 삼성이니까."

“그럼 언젠가는, 김수로의 나라도 오게 될까?”

“어쩌면요. 엄청날 겁니다. 천오백 년을 기다린 나라인 거니까.”

하지만 그마저도 육 년의 세월이 흐르는 동안 변하고 말았다. 대통령의 고향이 가야 근처라는 이유로 갑자기 역사학계에 가야에 대한 재조명이 일어나기 시작한 거다. 공영방송에서 대가야의 찬란한 문명에 대한 다큐멘터리를 제작했고, 지역 대학을 중심으로 가야사에 대한 심층 연구가 진행되기 시작했다. 가야는 더이상 옛날의 가야가 아니었다. 내가 「이인제의 나라」에서 ‘이인제’의 대칭 쌍으로 가야를 호명했던 것이 지금에 와서는 전혀 유효하지 않은 진술이 돼버렸다. 어쩌면 내가 가야에 대해서 썼기 때문에 가야에 그런 일이 일어난 것은 아닐까 싶기도 했다. 다소 자의식과잉처럼 들릴지 모르지만 돌이켜보면 내가 글을 쓰면 유독 그런 일이 많이 일어나곤 했다. 나는 2015년 「우리에게 일어날 수 있는 일」이라는 그리스가 망하는 내용의 소설을 썼는데 그때는 그리스에 대해서 잘 몰랐다. 남유럽의 경제 사정이 별로 좋지 않다는 것을 어렴풋이 알고 있긴 했지만 당장에 그리스가 망할 거라는 생각은 못했다. 그런데 그리스가 망하는 소설을 쓰고 얼마 지나지 않아 그리스가 디폴트를 선언해버린 것이다. 2014년에는 「꾸스빠네는 그날」이란 소설을 쓰기도 했다. 거기에는 마약 던지기를 하는 심부름꾼 소년이 나오는데 그 소년은 서울시에서 빌려주는 자전거를 타고 돌아다니고 사람들은 전부 마스크를 쓰고 있다. ‘던지기'라는 것은 마약 판매자와 구매자가 직접 만나지 않고 사람들이 쉽게 찾을 수 없는 곳에 숨겨놓는 방식으로 물건을 주고받는 것인데 「꾸스빠네는 그날」의 초고를 쓸 때만 해도 그런 거래 방식이 있는 줄도 몰랐고, 기사로 소개된 적도 없었다. 그냥 '이런 식으로 거래를 한다고 한번 써볼까' 하는 생각이 들어 썼을 뿐인데 지금은 하루가 멀다 하고 던지기에 대한 기사가 나오고 있다. 그렇다고 내가 쓴 소설이 마약 거래자들에게 아이디어를 제공했을 가능성은 거의 없었다. 「꾸스빠네는 그날」을 읽은 사람은 내 주변의 몇몇 지인과 신인 문학상 심사위원들뿐이었는데 그들 가운데 마약 공급을 겸업하는 사람이 있을 것 같지는 않기 때문이다. 서울시에서 자전거를 빌려준다는 설정도 썼지만 그때는 지금처럼 따릉이 서비스가 시작되기 전이었고, 그런 서비스가 곧 시작된다는 예고 기사 같은 것도 없었다. 물론 일부 자치구에 자전거를 빌려주는 시스템이 있기는 했지만 지금처럼 스마트폰을 통해 체계적으로 관리되지는 않았다. 그때까지도 어디서든 쉽게 빌려 원하는 곳에 반납하는 시스템을 갖추지 못했던 거다. 사람들이 전부 마스크를 쓰고 다니는 모습 역시, 지금으로선 너무나 당연한 풍경이 되었지만 그걸 쓸 때만 해도 '이것 참 그로테스크한데' 하며 마음에 들어 했던 기억이 난다. 결정적으로 2017년의 등단작인 「어쨌든 하루하루」에는 이혼한 뒤 전처의 고양이를 그리워하며 매일 맥주를 마시고 야구를 보는 남자가 나오는데…… 이것에 관해서는 더 이야기하고 싶지 않다. 그래서 2019년에 쓴 「바과, 사나나」란 소설에서는 주인공이 뜻하지 않게 큰돈을 벌게 되는 설정을 넣기도 했는데, 이것은 철저하게 사심이 개입된 설정이었다. 나는 그 소설을 통해 돈을 벌게 되거나 그 소설과 비슷한 방식으로 앉아서 큰돈을 벌게 되기를 바라면서 글을 썼는데, 그다지 효과를 보지는 못했다.

여하튼 「이인제의 나라」에 관해서도 나는 비슷한 종류의 두려움을 늘 갖고 있었다. 이 소설로 인해 세상이 '이인제의 나라'가 되거나 이인제의 신변에 놀랄 만한 변화가 생겨 함부로 이 소설을 발표할 수 없게 되는 일이 벌어지는 것을 경계했고, 그 이후로 이인제의 일거수일투족을 좋으나 싫으나 쫓아다닐 수밖에 없었는데, 육 년의 세월이 지나도록 그런 일은 전혀 벌어지지 않았다. 그런 측면에서 '이인제'에 대한 나의 예감은 옳았다고 봐야 할 것이다.

그러는 사이에도 나는 언젠가 「이인제의 나라」를 마무리지어야 한다는 압박감에 시달리고 있었다. 누군가가 이 소설을 애타게 기다리는 것도 아니었고, 이 소설이 내 필생의 역작이 되리란 기대는 더더욱 없었다. 하지만 한 소설을 육 년 동안 열다섯 번 넘게 고치다보면 일종의 오기 같은 게 생겨버리고 마는 것이다. 한편으로는 이 소설이 완성된다고 해도 어딘가에 버젓이 게재하기는 쉽지 않으리라는 생각도 들었다. 아무리 생각해도 누가 '이인제'의…… '이인제의 나라' 같은 것에…… 관심을 갖겠느냐는 말이다. 인생의 황혼에 접어든 노년의 남성, 정치적으로 좌절하고 인간적인 매력이 다소 떨어지는, 피닉제니 뭐니 하며 놀림감이나 되는 그런 '이인제'에게 말이다. 하지만 나로서는 「이인제의 나라」 말고는 다른 것을 생각할 수 없었다. 「한명숙의 나라」 같은 것을 쓰면 그때부턴 정말로 무거워진다. 진짜 어떤 나라에 대해서 써야 할 의무 같은 게 생겨버리는 것이다. 하지만 「이인제의 나라」는 그럴 필요가 없다는 점에서 내가 쓸 수 있고 써야 하는 유일한 나라처럼 생각됐다.

사실 세상은 아무도 모르게 한때 '비욘세의 나라'가 될 뻔했던 적이 있다. '비욘세'를 옹립하려던 반정부 세력은 끝까지 추적당해 남김없이 감옥에 가거나 의문의 죽음을 당했다. 나는 당시 네이버 검색에도 뜨지 않는 작은 인터넷 매체에서 월급을 받으며 기자 비슷한 일을 하고 있었는데, 나와 함께 일하던 선배는 도무지 말릴 수 없는 '이인제' 덕후로 '이인제 대망론 무엇이 문제인가?'라는 제목의 기획기사를 일 년째 연재하고 있었다. 선배를 처음 만난 건 무정부주의적 펑크록을 하는 연신내 로컬 밴드의 공연 뒤풀이 자리였다. 밴드 멤버들은 무의미한 관습과 제도에 일관된 환멸을 표했지만 가죽 재킷만큼은 버리지 못했다. 그들은 선배를 자신들의 전담 디자이너라고 소개했다. 대학 시절 급진적 무장 혁명 단체의 간부였다는 뜬소문만 있을 뿐 선배의 과거는 아무도 알지 못했다. 라면 수프에 대한 견해 차이로 조직이 깨진 뒤 공단을 돌며 버려진 가죽 조각을 모았고, 몇 년 후에 본격적으로 가죽공예를 시작했다는 게 그나마 짜임새를 갖춘 소문이었다. 그가 가죽공예를 때려치우고 기자가 된 데에는 특별한 이유가 없었다. 몇 년 되지 않는 사회생활에서 내가 깨달은 것은 우리는 모두 다 별다른 이유 없이 무언가를 때려치우고 다시 시작하기도 하면서 산다는 사실이었다. 선배가 쓴 그다지 영양가 없는 '이인제' 관련 특집기사의 야마를 세 줄로 정리하면 다음과 같았다.

첫째, 테마주가 없다.

둘째, 유행어가 없다.

셋째, 성대모사 하기가 애매하다.

그 선배는 기사를 쓰는 내내 '이인제'를 직접 만나기 위해 인터뷰 요청을 했지만 한 번도 받아들여지지 않았다. 좌절을 거듭하던 선배가 어느 날 결심이라도 한 듯이 '비욘세의 나라'에 대한 기사를 쓰겠다고 했을 때, 나는 회사를 나와버렸다. '비욘세'를 건드리는 언론사의 말로란 뻔한 것이었다. 결국 그 선배는 변호사법 위반으로 실형을 선고받고 안양교도소에 수감됐다. 왜 하필 변호사법 위반이었는지는 기억이 나지 않지만 그때는 '비욘세'에 대한 기사를 쓰기만 해도 무전취식이나 재물손괴 같은 걸 아무렇게나 걸어서 실형을 때리는 시기였기 때문에 놀랄 것도 없었다. 나는 회사를 나온 뒤로 계속 소설을 썼다. 그리고 「이인제의 나라」를 완성시켜야겠다고 결심한 뒤 최강헤어의 이인제 사장님과 함께 선배를 면회 간 적이 있다.

내비게이션의 목적지로 안양교도소의 주소를 넣고 가는 길에 국도변에 있는 휴게소에서 김치우동을 시켜 먹었다. 소박한 이미지의 '이인제'라면 제육볶음보다는 우동을 고르리라는 믿음이 있었다. 핸드폰을 꺼내 오랜만에 검색창에 '이인제'의 이름을 넣어보았다. 국회의원 총선거 공천이 한창인 상황에서 고향 논산에 도전장을 냈다가 포기했다는 내용의 기사가 나왔다. 만약 '이인제'가 국회의원 선거에 출마한다면 내 소설은 선거법상 문제가 생겨버리고, 혹시 당선되기라도 한다면 그것 나름대로 이러저러한 문제가 발생할 수 있는 상황이었기 때문에 얼마간 다행이라는 생각도 들었다. '이인제'는 놀랄 것도 없이 박근혜의 탄핵에 반대하는 입장을 보였지만, 그마저도 얼마간 목소리를 내다가 신경 끄기로 결심이라도 한 듯 조용히 지내고 있었다. '이인제'에 대한 기사는 꾸준히 올라왔지만 전부 지금의 '이인제'가 아닌 예전의 '이인제'에 대한 내용뿐이었다. 당시 경기도지사였던 '이인제', 당시 누군가와 팽팽한 대결을 펼쳤던 '이인제', 당시 뭐 했던 '이인제'…… '이인제'에게 호가 필요하다면 '당시'로 짓는 건 어떨까 싶었다. 운전대를 잡은 이인제 사장님은 내 의견에 "그렇지. 당시만 해도 '이인제'가……"라며 말을 꺼내려다 무슨 생각에라도 잠긴 듯 입을 다물었다.

영치금을 두둑하게 넣고 유리벽 너머로 마주한 선배의 얼굴은 많이 수척해져 있었다. '이인제'도, '비욘세'도 옛날의 일이 돼버렸는데도 선배는 감옥에서 여전히 '이인제'에 대한 생각을 멈추지 않고 있었다. 면회실에서 이인제 사장님과 마주한 선배는 고개를 떨궜다. 나는 그의 입가에 잠시 머물다 사라진 자조적인 미소를 놓치지 않았다.

"이인제씨로군요."

선배는 물 빠진 수인복의 끝자락을 만지작거리며 말을 이어갔다.

"당신에 대해서도 한동안 알아본 적이 있죠. 어쩌면 당신이 진짜 '이인제'가 될 수 있다는 생각을 한 적도 있어요."

"나는 '이인제'였던 적이 없네. 하지만 언제나 '이인제'이길 꿈꿨지."

이인제 사장님이 머리를 쓸어넘기며 씁쓸하게 웃었다.

"'이인제'는 늘 가르마를 왼쪽으로 타요."

선배는 이인제 사장님을 똑바로 바라보며 말했다. 그의 눈빛에는 약간의 분노와 회한, 알 수 없는 그리움 같은 것이 담겨 있었다.

"선배, 말해줘요. 어디에 가면 '이인제'를 만날 수 있죠? 회사를 나온 뒤로 「이인제의 나라」를 쓰고 있어요. 육 년 동안 열다섯 번을 고쳤지만 완성할 수가 없어요. 선배가 아는 '이인제'에 대해 말해줘요."

"내가 여기 있는 동안 '이인제'가 면회를 온 적이 있어."

"이인제가요?"

"아니, '이인제'가."

"뭐라던가요?"

"'비욘세'에 대해 알려주고 갔지."

선배는 입에 절대 올려서는 안 될 단어를 발음했고, 당황한 교도관이 거칠게 그를 잡아끌었다.

"열다섯 번을 썼다고 했지? 여섯번째로 쓴 글을 다시 봐. '이인제'와 '비욘세'는 대단히 높은 확률로 연결돼 있어."

교도관에게 끌려간 선배가 철문 너머로 사라진 뒤에도 이인제 사장님과 나는 홀린 듯 선배가 사라진 곳을 바라보았다. 지정된 시간이 끝날 때까지 우리는 말없이 빈 면회실에 앉아 있었다.

얼마 뒤 선배가 안양교도소에서 다른 곳으로 이감되었다는 소식을 들었다. 법무부를 통해 알아봤지만, 그가 최종적으로 도착한 교정 시설이 어딘지를 알아내는 것에는 실패했다. 나는 여섯번째로 쓴 글을 다시 읽어보라는 그의 말이 어디서 나왔는지를 알고 있었다. 6은 내가 '이인제'에 대해 연구하면서 특히 주목한 숫자이기도 했다. 그것은 인물 연구에 있어 가장 기본이 되는 간단한 과학적 배경에서 도출되었는데 이를 도식화하면 다음과 같다.

이 인 제

2 4 6

∨ ∨

6 0

∨

6

마찬가지로 '이인제'와 '비욘세'의 관계 또한 다음과 같이 나타낼 수 있다.

이 비 인 욘 제 세

2 5 4 6 6 5

∨ ∨ ∨ ∨ ∨

7 9 0 2 1

∨ ∨ ∨ ∨

6 9 2 3

∨ ∨ ∨

5 1 5

∨ ∨

6 6

'이인제'가 6인데 '이인제'와 '비욘세'는 66의 관계성을 나타냈다. 소름이 돋았다. 666이라는 불길한 숫자가 나타난 것이 우연일 리 없었다. 하지만 '비욘세'에 대해 더이상 알아보는 것은 너무 위험한 일이었고 666이 무서운 건 어쩔 수 없었다. 나는 「이인제의 나라」를 쓰는 것을 당분간 중단하기로 결심했다. '이인제'에 대해 생각하지 않는 일은 '이인제'를 하염없이 생각하는 것보다 어려운 일이었다. 흰 코끼리에 대해 생각하지 않으려면 흰 코끼리를 생각해야만 하는 것처럼 말이다.

이런저런 이유로 인해 더이상 「이인제의 나라」를 건드리지 않은 채 반년이 흘렀다. 그사이 최강헤어의 이인제 사장님은 미용실을 정리하고 유튜브에 빠져들었다. 네이버 스마트스토어로 월 천만원을 벌 수 있다는 유튜브 콘텐츠가 사장님의 마음을 움직인 거다. 나는 틈날 때마다 법무부에 정보공개청구를 하며 선배의 행적을 찾기 위해 노력했지만 번번이 답변이 불가하다는 회신만을 받았다. 국민권익위원회와 국가인권위원회에도 여러 번 청원을 넣었지만 모두가 나를 악성 민원인 취급했다. 어떻게 된 일인지 창구 직원들은 내가 「이인제의 나라」라는 소설을 쓴 작가란 것을 알고 있었다. 어딘가에 발표된 적도 없는 소설이었는데 말이다. '이인제'에 대해 직접적으로 언급하지는 않았지만 내가 찾아가면 아직 점심시간이 되지 않았는데도 "인제 슬슬 밥 먹으러 가야지?" 라고 자기들끼리 이야기를 하거나 "새로 들어온 인턴 고향이 인제라고 했나?"라는 사담을 나누며 조소를 흘렸다. 길을 걷다 문득 핸드폰 가게에서 '비욘세'의 노래가 흘러나오면 흠칫 놀라 주변을 둘러보았는데, 그럴 때면 꼭 나와 눈이 마주치는 사람이 있었다. 모두가 나를 감시했고, 모든 것이 그들 사이에 공유되는 것이 분명했다.

〔의도적인 공백〕

발신번호 표시가 제한된 전화를 받은 것은 그로부터 일 년이 더 지난 뒤의 일이었다. 그즈음에는 청탁도 완전히 끊기고 내 소설에 대해 언급하는 독자며 평론가는 단 한 명도 남아 있지 않았다. 나는 세상에서 완전히 잊힌 존재가 되어, 낮에는 맥주를 마시며 전날의 야구 하이라이트를 보고 저녁에는 소주를 마시며 초점 없는 눈으로 넷플릭스를 틀어놓은 채 하루하루를 보내고 있었다. 나는 「이인제의 나라」를 증오하고 있었고, 나를 이렇게 만든 '이인제'에 대한 원한 역시 하루가 다르게 커져만 갔다. '이인제'는 이런 나의 마음을 아는지 모르는지 뜬금없이 충남지사에 출마한다고 선언했다가 철회를 하고, 대통령선거에 나가겠다는 기자회견을 했다가 마음을 접는 등 지극히 '이인제'다운 행보를 이어가고 있었다. 나는 그 전화를 받지 않았다. 어쩐지, 이유는 알 수 없지만 그 전화가 '이인제'에게서 온 것이 분명하다는 생각이 들었기 때문이다. 하지만 전화는 배터리가 방전될 때까지 계속해서 울렸고, 전원이 나간 핸드폰에 충전기를 연결한 후에도 멈추지 않았다. 만약 정말 '이인제'라면 욕이라도 한번 실컷 하고 말자는 심정으로 수신 버튼을 눌렀다. 전화를 건 사람은 '이인제'가 아니라 이인제 사장님이었다.

"왜 이렇게 전화를 안 받아?"

"왜 이렇게 전화를 걸어요."

"요즘 어떻게 지내?"

"그냥 있어요. 어쩐 일인데요."

"자네한테 꼭 보여주고 싶은 게 있어. 지금 집 앞이야."

전에 타고 다니던 갤로퍼는 어디로 갔는지 레인지로버를 끌고 온 이인제 사장님은 호쾌하게 웃으며 조수석 문을 열었다. 유튜브를 열심히 본 사장님은 스마트스토어로 월 천만원을 버는 데 성공한 것이다. (그래, 이렇게 써놨으니 언젠가 나도 스마트스토어로 월 천만원을 벌게 될지도 모른다.) 이인제 사장님은 가타부타 말도 없이 시동을 걸고 밤의 국도를 달리기 시작했다. 차창에 와서 부딪힌 날벌레들이 검은 점을 남겼지만 이인제 사장님은 와이퍼를 켜지 않았다. 어차피 세상에는 지워질 수 없는 게 있다는 걸 받아들여야 한다는 듯이. 잠시 졸다가 어깨를 흔드는 손에 잠에서 깼다. 내비게이션 화면을 확인하니 도착한 곳은 경상남도 합천군 가야면이었다. 헤드라이트를 반사하는 새카만 물웅덩이가 눈앞에 펼쳐져 있었다. 낚시꾼 한 명 보이지 않는 저수지 앞에서 나는 아무것도 할 수 없었다. 이인제 사장님이 품속에서 두 번 접은 A4 용지를 꺼내더니 헛기침 몇 번으로 목을 가다듬었다.

"거리는 한창 이인제화가 진행되고 있었다. 미용실 간판도 이인제였고 편의점도 이인제였다. 어깨를 부딪치고 미안한 기색도 없이 지나간 남자의 얼굴마저 이인제였다. 나처럼 이인제가 되지 않은 사람들은 보도의 끝 쪽만 점유하도록 허락된 것처럼 조심하며 걸었다. 앞뒤에서 어깨를 쳐대는 탓에 주눅 든 채 길옆으로 비켜 섰다. 기분이 영 좋지 않았다. 이인제의 나라가 되었는데 뭐라고 좋을 게 있겠냐마는 걸음 걷는 것조차 마음대로 못하는 건 너무한 노릇이었다. 그건 이인제와도 어울리지 않았다. 이인제는 어느 당에서도 점령군처럼 굴지 않았고 지역구의 폭군이었던 적도 없었다. 이인제는 뭐랄까, 뭐라고 해야 할까, 그 사람은 그냥

이인제잖아.

아무것도 아니잖아."

그건 내가 예전에 쓴 「이인제의 나라」의 일부였다.

"어디서 났어요?"

"언젠가 자네가 우리 미용실 쓰레기통에 버리고 간 일이 있지."

"기자 같은 거 하면 잘하겠어요."

"내가 기자를 하는 것보다, 자네가 스마트스토어를 시작해보는 게 어떻겠나? 한 달에 천만원씩 안정적인 수익으로 경제적인 자유를 누려봐."

이인제 사장님은 가스등을 켜놓은 텐트 안에서 밤늦도록 '십 년 전으로 돌아가 일억이 있다면 지금 당장 할 일'이나 '삼십만원 있다면 지금 주식 투자 이렇게 시작하라' 같은 제목의 유튜브 동영상을 내게 보여줬다. 찌르레기가 우는 소리, 잔잔한 물결이 저수지의 둑에 와서 부딪히는 소리, 돈 버는 것에 관해 이야기하며 돈을 버는 유튜버의 차분한 목소리를 들으며 불편한 잠자리에서 뒤

척거리다 겨우 잠에 빠져들었다.

자고 일어났을 때 세상은 이인제의 나라였다. 내가 누운 자리는 땀에 젖어 축축했다. 간밤의 꿈이 기억나지 않았다. 상상도 못할 만큼 좋지 않은 꿈이었던 것만은 분명했다. 상상할 수 있을 만큼 나쁜 꿈이었다면 깨어난 뒤 곧장 상상력을 동원해 엇비슷한 모양을 만들 수 있었을 것이다. 그건 내가 평소에 꿈을 기억해내는 방식이고 대체로 성공적이었다. 그게 통하지 않을 만큼 나쁜 꿈이 어떤 것이었을지 가늠되지 않았다. 어쨌거나 세상은 이인제의 나라가 되어버렸고 정말로 그게 올 거라고는 생각해보지 못했다.

간신히 몸을 일으켜 침낭 끝에 걸터앉았다. 어지러웠다. 시속 이십 킬로미터로 돌아가는 회전문에 갇혀 있는 것 같았다. 세상에 정말로 그런 회전문이 존재할까? 그곳에 갇힌다면 어지러울 뿐만 아니라 무척 힘이 들 것이다. 정신을 집중해 회전문을 제어해보았다. 멈추는 게 만만치 않았다. 이인제 사장님은 어디로 간 거지? 텐트의 문을 열고 둘러보았지만 아침햇살을 받은 저수지의 표면이 찬연히 빛날 뿐 어제와 달라진 것은 없었다. 이인제의 하늘 위로 이인제의 구름이 지나갔다.

군용 트럭 한 대가 털털거리며 레인지로버 앞에 섰다. 뒷좌석에서 차례로 내리는 사람들의 얼굴이 모두 이인제였다. 15대 대선에 출마할 당시의 이인제. 연수원 생활을 마치고 갓 판사로 임용

된 이인제. 고등학생 이인제. 거의 이승만만큼이나 늙은 이인제. 온갖 이인제들이 내 앞을 가로막아 섰다. 나는 옴짝달싹할 수 없었다. 어디로 도망가야 할지 생각나지도 않았고, 도망갈 수 있을 것 같지도 않았다. 이인제들은 텐트에서 나를 잡아 끌어내더니 저수지 한편에 묶여 있던 작은 배에 태웠다. 폭이 일 미터가 채 되지 않는 나룻배에 나와 이인제와 이인제들이…… 어떤 이인제는 말없이 신문을 읽었고, 콧노래를 부르는 이인제도 있었다. 나는 뱃머리에 쪼그려앉아 물가의 레인지로버와 텐트가 작아지는 것을 바라보고 있을 뿐이었다. 저수지인지 바다인지 모를 물 위로 배가 끝없이 나아갔다.

그렇게 나는 영영 「이인제의 나라」를 완성할 수 없게 돼버린 것이다.

해설 | 권희철(문학평론가)

아무것도 아닌 것, 아무것도 아닌 것

김홍 작가는 「이인제의 나라」라는 소설의 마지막 문장을 이렇게 처리하고 있다. "그렇게 나는 영영 「이인제의 나라」를 완성할 수 없게 돼버린 것이다."(228쪽)

그렇다면 「이인제의 나라」는 완성된 것일까, 그렇지 않은 것일까? 이 야릇한 느낌은, 우리가 읽고 있는 소설(마지막 문장과 함께 완성된 현실의 소설 「이인제의 나라」)과 소설 속에서 소개되고 있는 소설(작중화자가 완성할 수 없게 돼버렸다고 토로하고 있는 가상의 소설 「이인제의 나라」)에 동일한 제목을 붙이는 간단한 트릭이 만들어낸 일시적인 착각처럼 보이기도 한다. 현실의 소설과 소설 속 가상의 소설을 얼마든지 구분할 수 있으니, 다시 말해서 제목이 같기는 하지만 완성된 소설과 완성할 수 없는 소설이 엄연히 별개의 것이니, 저 야릇한 느낌은 금세 지워버릴 수 있다고 주장할 수도 있겠다. 하지만 「이인제의 나라」라는 텍스트가 가상과 현실을 얽어놓기 위해 여러 장치들을 동원하고 있다는 사실에 주목해보면, 적어도 이 텍스트 안에서 현실의 소설과 가상의 소설의 구분이 생각만큼 간단하지 않게 되고, 그로 인해 저 야릇한 느낌도 좀처럼 지워지지가 않게 된다.

설명의 편의를 위해 우리가 읽고 있는 현실의 소설 「이인제의 나라」의 내용(가상의 세계)을 가상1, 우리가 실제로 읽을 수는 없지만 소설 안에서 소개되고 있는 가상의 소설 「이인제의 나라」의 내용(가상 속 가상의 세계)을 가상2라고 부르기로 하면, 아래의 장면들에서 두 차원이 좀처럼 구분될 수 없게 연결되어 있다는 점을 손쉽게 확인할 수 있다.

〔가상 2〕

자고 일어났더니 세상이 갑자기 이인제의 나라가 되었다는 내용의 「이인제의 나라」는 육 년 동안 열다섯 번 남짓 고쳐쓰는 동안 한 번도 세상에 공개되지 못했다. (……) 그러는 동안에도 꾸준히 '선배'라는 사람이 등장해 이야기의 진행을 보조했는데, 그는 한때 문래동 로컬 헤비메탈 밴드의 퍼스트 기타리스트로 활동하다가 현재는 화자와 함께 작은 인터넷 언론사를 운영하는 기자라는 설정에서 크게 벗어나지 않았

다.(205~206쪽, 이하 강조는 인용자)

〔가상1〕

나는 당시 (……) 작은 인터넷 매체에서 (……) 기자 비슷한 일을 하고 있었는데, 나와 함께 일하던 선배는 (……) '이인제 대망론 무엇이 문제인가?'라는 제목의 기획기사를 일 년째 연재하고 있었다. 선배를 처음 만난 건 무정부주의적 펑크록을 하는 연신내 로컬 밴드의 공연 뒤풀이 자리였다. (……) 그들은 선배를 자신들의 전담 디자이너라고 소개했다.(215쪽)

자고 일어났을 때 세상은 이인제의 나라였다.(227쪽)

위의 인용문만을 놓고 보자면, 가상2와 가상1에 작은 차이들이 없지 않지만 그것은 "육 년 동안 열다섯 번 남짓 고쳐"썼다는 소설 속 소설 「이인제의 나라」의 여러 버전들 사이의 차이와 다를 바 없다. 게다가 가상1의 화자의 진술을 그대로 믿기로 한다면, 화자가 "그리스가 망하는 소설을 쓰고 얼마 지나지 않아 그리스가 〔실제로〕 디폴트를 선언해버린"(212쪽) 적이 있고, 사람들이 전부 마스크를 쓰고 다닌다는 설정이 포함된 소설을 쓴 적도 있는데 코로나19 이후의 현실 풍경은 우리 모두가 아는 바와 같다. 그러므로 「이인제의 나라」 안에서는 소설이 현실을 반영하는 것 이상으로 소설(가상2)이 현실(가상1)을 향해 유출되고 있는 셈이다. 「이인제의 나라」라는 소설은 같은 제목의 가상의 소설을 끝내 완성할 수 없었던 소설가가 겪은 이상한 일들에 관한 이야기인 것 이상으로, 가상2와 가상1의 상호반영 및 상호간섭에 관한 이야기인 셈이다. 여기에 작중화자가 "2017년의 등단작인 「어쨌든 하루하루」에는 이혼한 뒤 전처의 고양이를 그리워하며 매일 맥주를 마시고 야구를 보는 남자가 나오는데……"(213쪽, 실제 김홍 작가의 2017년 데뷔작이 「어쨌든 하루하루」이고 소개된 바와 같은 내용을 담고 있다)라고 덧붙일 때, 이 반영과 간섭은 어쩌면 현실의 소설이 쓰여지고 있는, 우리가 실제 살아가고 있는 현실, 말하자면 가상0에도 영향을 줄 수 있을 것만 같다. 그러니까 다소 현학적인 취향을 가진 어떤 독자가 「이인제의 나라」를 두고 '현실과 소설, 삶과 글쓰기의 위상학을 픽션화한 것' 혹은 '저 두 차원의 투과불가능한 분리를 당연한 것으로 여기는 세론世論에 대한 장난스럽고도 진지한 거부'라고 주장한다고 해도 거기에는 나름의 근거가 있는 셈이 된다. (그런데 가상2와 가상1이 가상0에 영향을 줄 수 있다고 가정한다면, 가상2와 가상1 모두의 메인 플롯이 어느 날 갑자기 '이인제의 나라'가 도래했다는 것이니, 이 소설은 실제 현실에서 '이인제의 나라'가 도래하게 되리라는 예언서가 되는 것일까? 그런데 대체 도래할 '이인제의 나라'라는 건 뭘까?)

*

그런데 「이인제의 나라」에는 현실과 가상을 얽어놓기 위한 투과 장치들이 동원된 이상으로 그러한 장치들을 너무 진지하고 심각하게 받아들이지 못하게 만드는 반反-장치들이 개입하고 있다. 이 반-장치들은 「이인제의 나라」가 장난스럽고 우스꽝스러운 것이니 절대로 진지하거나 심각하게 받아들이지 말라는 메시지를 현실과 가상을 얽어놓기 위한 투과 장치들 바로 곁에서 꾸준히 발신한다. 예컨대 「이인제의 나라」의 가상1과 가상2에 걸친 모든 버전에서 꾸준히 등장하고 있는 인터넷 매체 기자 '선배'에게는 다음과 같은 배경이 금세 따라붙는다. "대학 시절 급진적 무장 혁명 단체의 간부였다는" 소문이 있지만 "라면 수프에 대한 견해 차이로 조직이 깨"(215~216쪽)졌다고도 한다. 그런데 그런 일로 깨질 조직이 추구하는 '혁명'이란 무엇이며 그런 단체의 간부였던 선배는 어떤 사람이란 말인가? 작중화자가 도무지 완성할 수 없었던 「이인제의 나라」를 완성해야겠다고 결심하고 선배를 찾아가 "선배가 아는 '이인제'에 대해 말해줘요"(218쪽)라고 하자 선배는 자못 비장하고도 의미심장하게 "'이인제'와 '비욘세'는 대단히 높은 확률로 연결돼 있"(219쪽)다고 답한다. 이인제와 비욘세라니, 이 엉뚱한 조합에 깜짝 놀랄 만한 비밀이 숨겨져 있는가? 화자는 그 비밀을 풀기 위해 "인물 연구에 있어 가장 기본이 되는 간단한 과학적 배경"(같은 쪽)이라며 두 사람 이름의 한글 낱글자 획수를 더해가는 이상한 셈법을 보여주더니, 그 결괏값이 666으로 나오자 너무 무서워서 「이인제의 나라」를 쓰는 것을 당분간 중단하기로 결심한다. 이런 대목들을 진지하고 심각하게 읽는 것은 당연히 불가능하다. 소설 속 소설 「이인제의 나라」의 구상을 전해들은 '최강헤어' 사장 이인제가 그 기획의 핵심을 깊이 이해하고 '이인제회'를 조직했으나 그것은 아무런 하는 일이 없는 유명무실한 조직이었고 그마저도 (이인제처럼 충청도 출신 실존 정치인인) 심대평 추수꾼들에게 시달린 뒤로 와해되고 말았다고 하니 도대체 「이인제의 나라」의 기획이라는 것이 얼마나 모호하고 엉성한 것인가. 기타 등등.

이와 같은 식으로 반-장치로 기능하는 에피소드들이 「이인제의 나라」에는 너무 많다. 이쯤 되면 「이인제의 나라」를 두고 이런 진지한 해설을 쓰고 있는 나도, 이런 해설을 읽고 있는 독자도 놀림당하는 기분을 느껴야만 할 것 같다. 「이인제의 나라」는 그야말로 아무런 "의미 없는 소설"(209쪽)로, 심각한 체하는 말투로 그다지 중요하지 않은 내용을 과장해 말함으로써 더욱더 심각한 것과는 거리가 멀어지는 우스갯소리로 읽을 수 있을 뿐만 아니라(예컨대 "'이인제'는 한국 정치의 텅 빈 기표 그 자체이자 한국 정치의 텅 비어 있음에 대한 물리적인 구현"(206쪽)이라거나, 최강헤어 사장 이인제가 「이인제의 나라」의 구상을 전해듣고는 눈물을 쏟은 이유를 설명하며 "그 나라가 이름만으로 뿜어내는 불명한 의미의 공허한 그림자가 그의 삶 전체를 지배해온 깊고 어두운 구멍을 건드린 것"(208쪽)이라고 하는, 스스로가 과장되게 지적이고 의미심장한 체한다는 사실을 일부러 드러냄으로써 해당 구절을 우스꽝스럽게 만드는 표현들을 떠올려보라), 그것이야말로 「이인제의 나라」라는 텍스트가 적극적으로 권유하는 독해 방식이기도 하다. 그러니까 「이인제의 나라」가 권장하는 바에 따르면, 우리는 소설가 김홍을 어릿광대로 이해해야 한다.

*

하지만 이 어릿광대에게 속지 말아야 한다. 그의 진심은 이런 것일 테니까.

> 내 책의 모든 유쾌한 제목을 읽을 때 농담과 우스갯감과 조롱감 이외엔 아무것도 없겠다고 생각하지 말라는 것이다. 단순히 외양만 보고서 성급한 결론을 내려선 안 된다. (……) 더 깊이 천착해야 한다. 뼈의 골수를 찾아내는 개를 본 적이 있는지? 그렇다면 개가 얼마나 경건하게 그것을 지켜보며, 얼마나 격렬하게 그것을 잡아채고 얼마나 신중하게 다루며 얼마나 은근하게 그것을 뜯어 발리며 얼마나 부지런하게 그것을 빠는가를 관찰하였을 것이다. 개는 왜 그 짓

을 하는가? 그러한 수고의 보답으로 기대하는 것은 무엇인가? 얼마 안 되는 골수일 뿐이다. 그러나 얼마 안 되는 그것이야말로 가장 소중하고 완벽한 영양분이다. 그 개처럼 독자도 '이 양질의 지방질의 좋은 책'을 냄새 맡을 날카로운 코를 가지고 있어서 그 내용을 알아차리고 존중해야 한다. 그러려면 부지런한 독서와 빈번한 명상으로 뼈를 뜯어 발리고 골수를 빨아야 한다.

물론 김홍은 『우리가 당신을 찾아갈 것이다』에 위와 같은 '작가의 말'을 쓴 적이 없다. 이것은 천하의 어릿광대 프랑수아 라블레가 질펀한 농담과 현란한 우스갯소리의 난장판으로 악명 높은 『가르강튀아』에 붙인 '작가의 말'[1]이다. 하지만 우리가 겸손한 김홍 작가를 대신해서 이 거만하고 위압적인 인용문을 『우리가 당신을 찾아갈 것이다』의 '작가의 말'로 덧붙이기로 한다면 어떨까. 이런 식의 첨가는 텍스트의 실상과는 동떨어진 채 외부에서 주입된 과도한 의미 부여일 뿐일까? 나는 그렇지 않다고 말하고 싶다. 심각하거나 진지한 태도를 불가능하게 만드는 반-장치들이 김홍 소설에 활발히 출몰하는 것은 사실이지만 그 반-장치들 가까이에서

1) 프랑수아 라블레, 『가르강튀아 · 팡타그뤼엘』, 유석호 옮김, 문학과지성사, 2004, 16~18쪽. 여기서는 에리히 아우어바흐의 『미메시스』에 인용된 같은 글의 번역을 따랐다. 에리히 아우어바흐, 『미메시스』, 김우창 · 유종호 옮김, 민음사, 2012(2판), 380~381쪽.

그것을 한번 더 뒤집어버리는 데 성공하는, 희미하지만 끈질기게 작동하는 반전 장치들이 있는 것 또한 사실이기 때문이다. 반전 장치? '아무것도 아닌 것'에 대한 반항과 거부 혹은 찬탄과 사랑의 생성 기계, 분열 기계.

이 반전 장치를 설명하기 위해 잠시만 우회하는 질문을 거치기로 하자. 「이인제의 나라」의 작중화자와 선배는 왜 그렇게까지 '이인제'에 집착하는 것일까? 그것은 '이인제'가 현존하는 정치인의 이름이 아니라 '아무것도 아닌 것'을 표시하는 기호이기 때문이다. 그리고 '아무것도 아닌 것'은 즉시 두 갈래로 분열을 시작한다. 그것은 ① 스스로를 보편적이고 당위적인 것으로 내세우면서 삶의 다른 요소들 혹은 구성 방식을 길들이거나 격하시키거나 착취하려 드는 권력의지의 실상을 폭로하는 이름이면서(예컨대 '창조경제'라는 신기루, '새정치'라는 신기루, '거악 척결'이라는 신기루 등을 중심화하면서 그것을 둘러싸고 있는 다양한 현상들, 그것들은 모두 아무것도 아닌 것이다) 동시에 ② 김홍 소설이 애착을 갖고 있는 인물들이 거기에 속해 있거니와 실제로 별스런 가치나 의미를 거느리고 있지 않기 때문에 '아무것도 아닌 것'이라고 불리지만 있는 그대로 긍정하고 사랑해야 할 것으로 여겨지는 것들의 이름이다. 김홍 소설은 ①과 ②를 단순히 대립시키면서 별도의 것으로 떨어뜨려놓지 않고 그 둘을 하나의 이름 안에 묶는 동시에 분열시켜 엎치락뒤치락하게 만들면서 ①에 대한 반항과 거부 그리고 ②에 대한 찬탄과 애정을 동시에 자극하거나 생산한다.

"군용 트럭 한 대가 털털거리며 레인지로버 앞에 섰다. 뒷좌석에서 차례로 내리는 사람들의 얼굴이 모두 이인제였다. (……) 온갖 이인제들이 내 앞을 가로막아 섰다. 나는 옴짝달싹할 수 없었다"(227~228쪽) 혹은 "세상은 어쩌면 이미 '이인제의 나라'일지도 모른다는 일종의 패배주의적 현실 인식"(207쪽)이라고 쓸 때는 ①이, "그건 이인제와도 어울리지 않았다. 이인제는 어느 당에서도 점령군처럼 굴지 않았고 지역구의 폭군이었던 적도 없었다. 이인제는 뭐랄까, 뭐라고 해야 할까, 그 사람은 그냥/이인제잖아./아무것도 아니잖아"(226쪽) 혹은 "'이인제'라는 게 저는 어떤 축제처럼 느껴집니다. 아무 해도 끼치지 않고, 누구나 와서 즐길 수 있는 '제48회 논산시청 주관 한마당 이인제祭' 같은 게 있다면 누구라도 그냥 지나칠 수 없겠죠"(209쪽)라고 쓸 때는 ②가 전면에 나선다. 반전 장치는 ①과 ②를 교차시키고 이를 통해 우스갯소리를 삶에 대한 심각하고 진지한 태도로 반전시킨다. '아무것도 아닌 것'에 대해 반항과 거부 그리고 찬탄과 애정을 동시에 쏟아부을 때만이 우리가 삶을 배신하지 않을 수 있다는 태도로.

그러므로 삶에 대한 김홍 소설의 태도는 이렇게 요약 가능하다. "하하하! '아무것도 아닌 것'이잖아." 한 번은 반항하고 거부하면서, 다른 한 번은 찬탄하고 애정을 느끼면서.

여기까지 오면 김홍 소설이 왜 어릿광대를 자처하며 스스로를 우스갯소리로 보이고자 하는지도 분명해진다. 모든 진지하고 심각한 것들은 '스스로를 보편적이고 당위적인 것으로 내세우면서 삶의 다른 요소들 혹은 구성 방식을 길들이거나 격하시키거나 착취하려 드는 권력의지'로 변질될 위험이 있기 때문에, 삶에 대한 김홍 소설의 진지하고 심각한 태도는 스스로를 해독解毒하기 위해서 우스갯소리나 자기 패러디 등의 반-장치를 필요로 하는 것이다. 그런데 그 우스갯소리는 해독제로서만 기능하는 것이 아니고 ① 권력의지의 헛소리의 실상을 폭로하면서 드러낸 공격성(예컨대 이런 장면에서 드러나는 공격성. "중앙은행이 발행하는 원화에 대항해 루왑을 안정적인 대안 화폐로 자리매김시킨 뒤 장기적으로는 중앙의 통제를 받지 않는 자율적인 행정구역을 만들겠다는 목표가 있었다. (……) 그는 얼마 전 지역문화재단에서 수여하는 활동 지원금 천만원을 받았다. 반체제적인 대안 화폐를 발행하는 래퍼이자 아티스트인 에이왑은 지원 서류에 정장을 입고 머리를 빗어 올린 증명사진을 붙였다."(「실화」, 17쪽))이 ②아무것도 아닌 것을 향할 때는 그것을 유쾌하게 받아들이며 긍정하고 사랑할 수 있게 도와주는 것으로 바뀌어(이 우스갯소리가 만들어내는 긍정과 사랑이 가장 애틋하게 그려지고 있는 것이 표제작 「우리가 당신을 찾아갈 것이다」이다. 그것은 "아무도 아닌 사람"이지만 "나의 친구"(45쪽)인 크리스 해밀턴을 그가 원하는 방식으로 기억해주기 위해 인생을 거는 해수의 이야기다), 우스갯소리가 더 이상 우스갯소리가 아니게끔, 진지하고 심각한 이야기가 아닌 것은 아니게끔 만든다(이 점에서 김홍 작가의 데뷔작 「어쨌든 하루하루」의 주요 무대이자 놀림감인 식당의 상호가 '시리어스 리'인 것이 내게는 우연이 아닌 것만 같다). 그러므로 그것은 단순히 웃어넘기며 소비해버릴 수 있는, 삶의 현실적 요소들로부터 닫혀 있는 픽션일 수는 없어서 가상2, 가상1, 가상0을 서로에게 투과시키는 장치 또한 필요로 했던 것 같다. (여기서 한번 더 표제작을 언급하고 싶다. 왜 이 소설의 제목은 '우리가 당신을 찾아갈 것이다'여야 하는가. 그것이 이 소설의 내용 혹은 주제를 압축한 것이니까. 아무것도 아닌 것을 긍정하고 사랑하는 우리('연방 트럼펫 주자 관리 위원회'의 요원 리처드 브런트)가 아무것도 아닌 것을 긍정하고 사랑하는 당신(아무도 아닌 사람 크리스 해밀턴을 "훌륭한 트럼펫 연주자"이자 "나름의 방식으로 세상을 이해한 모험심 넘치는 오답자"(45쪽)로 기억하고자 인생을 건 해수)을 찾아간다는 것이 이 소설의 내용이자 주제이니까. 그런데 김홍 소설이 소설과 현실이 상호투과된다고 주장하는 한, 내용 혹은 주제를 압축하는 이 제목은 마치 현실의 독자들에게 말을 걸고 있는 것처럼 읽힌다. 아무것도 아닌 것을 긍정하고 사랑하는 우리(해수나 리처드 브런트와 같은 작중인물들)가 아무것도 아닌 것을 긍정하고 사랑하는 당신(독자)을 찾아갈 것이라고. 이 소설집을 읽는 독자들에게 이 장담 혹은 예언은 어느 정도 실현된 것이 아닐까.)

김홍 소설에서 대번에 눈에 띄는 것, 다른 장치들을 감추면서 전면에 드러나 있는 것은 반-장치이지만, 그 안에는 반전 장치가 들어 있고 그것이 진지하고 심각한 삶의 태도를 이끌어내며 그것을 삶을 향해 유출시키기 위해 투과 장치를 작동시키지만, 다시 그것들이 유독해질 것을 우려한 나머지 서둘러 반-장치를 소란스럽게 가동시키는 것이다. 이때 '아무것도 아닌 것'에 대한 진지하고 심각한 태도는 그 일부가 유쾌하고 발랄한 긍정과 사랑으로 형질이 바뀌게 되는 것인데, 물고 물리는 이 장치들 사이의 협력과 방해와 변형이 김홍 소설의 다이나믹을 구성한다고도 할 수 있겠다.

여기까지 오면 이 글의 시작에서 던진 질문—「이인제의 나라」는 완성된 것일까, 그렇지 않은 것일까—에 대해서도 답할 수 있다. 그리고 그보다 먼저 애초에 작중화자는 왜 소설 속 소설 「이인제의 나라」를 열다섯 번 남짓 고쳐쓰고서도 완성할 수 없었는지에 대해서도 답할 수 있다. 정답: '이인제'를 반항과 거부의 대상으로 삼아야 할지 찬탄과 애정의 대상으로 삼아야 할지 끝내 결정할 수 없으므로. 그런데 어떻게 현실의 작가 김홍은 「이인제의 나라」를 끝맺고 발표해 우리가 읽을 수 있게 할 수 있었을까. 정답: 같은 이름 안에서 ①과 ②를 역동적으로 분열시키는 반전 장치, 그렇기 때문에 '이인제'가 ①인지 ②인지에 관한 확정 불가능성을 생산하는 반전 장치를, 그러면서 ①로부터 ②로 변화할 것에 대한 요구를 텍스트 안에 성공적으로 장착하거나 어느 정도 암시할 수 있었으므로. 그러니까 「이인제의 나라」는 미완의 형식으로 완성된 셈이다.

*

이 소설집에 실린 여러 작품들에서 얼마나 유쾌하고 발랄한 우스갯소리들이 전개되고 있는가, 그것들이 아무것도 아닌 삶을 바깥으로부터 구원하는 대신 이미 그 안에 들어 있는 얼마나 많은 즐거움들을 발굴하고 자극하며 분출시키고 있는가 하는 점을 상세하게 짚어보는 일은 피하고 싶다. 그것은 결국 앞선 설명의 동어반복이 될 것이고, 앞에서 이미 그렇게 해버렸지만 김홍 소설이 다채롭게 긍정해낸 것들을 경직된 관념으로 요약해버리는 일이 될 것이기 때문이다.

나는 이 글을 마무리하면서 그보다는 더 과감하고 혹은 무모하게 호세 오르테가 이 가세트가 『돈키호테』를 발판으로 삼아 당대 스페인의 시대정신을 비평했던 것을 흉내내보고 싶다. 그는 이렇게 썼다.

> 어떤 면에서 볼 때 돈키호테는 신성하고 고독한 그리스도의 슬픈 패러디(……)이다. 즉 그는 근대적 고뇌에 사로잡혀 괴로워하는 고딕풍의 그리스도이다. 그는 순수성과 의지를 상실하고 또다른 새로운 것을 찾아 방황하는 고통 속의 상상력으로 창조된 우리 동네의

희화화된 그리스도이다. 과거의 사상적 빈곤, 현재의 천박함 그리고 미래의 신랄한 적대감에 예민하게 반응하는 스페인 사람들이 삼삼오오 모여 있을 때마다 그들 사이로 돈키호테가 강림한다.[2)]

물론 김홍은 세르반테스가 아니고, 「실화」의 정기도 「우리가 당신을 찾아갈 것이다」의 해수도 「이인제의 나라」의 화자도 돈키호테는 아니다. 우리의 정신적 토양에 그리스도의 강림에 대한 믿음이나 열망이 있는 것 같지도 않다. 거의 알려지지 않은 신인 작가의 첫 소설집에 부치는 글에 스페인 문학의 최고 걸작으로 알려진 『돈키호테』 운운하는 것이 참아주기 어려운 과장이 될지도 모르겠다. 하지만 김홍 소설이 그렇듯이 어떤 발화가 우스꽝스러운 과장이 되는 것을 피하지 않으면서 혹은 그렇게 되는 것을 즐기면서 나의 개인적인 찬탄과 애정을 담아 이 소설집을 축성祝聖하는 것을 부디 용서하시길.

호세 오르테가 이 가세트에 따르면, 『돈키호테』가 출간된 17세기 초반의 지적 상황은 다음과 같다. 세속적 삶의 표면들 혹은 파편들을 아우르면서 거기에 빛을 던지고 보다 심오하고 고귀한 것으로 만드는 이념은 이제 더이상 작동하지 않는다. 이제 보편적 이념의 위상은 돈키호테를 제외한 『돈키호테』 속 인물들이 합심

2) 호세 오르테가 이 가세트, 『돈키호테 성찰』, 신정환 옮김, 을유문화사, 2017, 37쪽.

하여 실없는 농담으로 치부하는 '기사도 문학'의 수준으로 전락했다. 돈키호테는 아무것도 아닌 이념(기사도)을 진지하게 믿어버린 바람에 웃음거리가 되고 마는 인물인 것이다. 그러나 다른 한편 겉으로는 기사도 문학을 비웃는 것처럼 보였던 인물들 모두가 한결같이 기사도 문학의 열렬한 애독자였음이 밝혀진다. 『돈키호테』를 너무 빨리 읽지 않을 것 같으면 돈키호테를 조롱하는 것이 과연 온당한 것인지 질문하게 만드는 장면들이 군데군데 박혀 있으며 마지막에 가서는 돈키호테의 엉터리 위업에 모종의 찬탄과 애정이 표시되기도 한다. 『돈키호테』는 표면들과 파편들로만 이루어진 세속적 삶에 순응하기를 거부하면서 그러나 보편적 이념으로의 회귀가 가망 없다는 사실을 모르지 않은 채로, 그 양쪽 모두가 아닌 새로운 삶의 형식, 그러나 도래하는 것이 불가능해 보이는 삶의 형식을 요구하는 것이었기 때문이다. 돈키호테가 바보에 미치광이로 등장해야만 했던 것은 가망 없는 이념으로의 회귀를 우스꽝스러운 자기 패러디로 인격화한 탓이지만, 돈키호테가 바보에 미치광이였기 때문에 웃음거리가 된 것이 아니라 그가 세속적 삶을 넘어서려고 했기 때문에 세속적 삶에 안주하는 자들이 그를 웃음거리로 만들었을 뿐이다. 그래서 그 모독당한 고독한 모험가는 구약의 시대는 소멸했지만 구원의 미래는 아직 도착하지 않은 공간에서 수난을 당한 그리스도의 패러디가 될 수 있다. 그래서 "과거의 사상적 빈곤, 현재의 천박함 그리고 미래의 신랄한 적대감에 예민하게 반응하는 스페인 사람들이 삼삼오오 모여 있을 때마다 그들 사이로 돈키호테가 강림"할 수 있는 것이다. 그런 점에서 20세기 초반의 혼란스러운 스페인에서 『돈키호테』를 비평하는 것은 시대정신을 비평하는 일이 될 수 있다.

2017년(이해에 김홍 작가가 데뷔했다는 사실을 미래의 문학사가들이 눈여겨보는 날이 오게 될까?)에 대규모로 분출되었고 또 성공한 것처럼 보이기도 했던 '촛불혁명'이라고도 불렸던 시민운동은 오랜 기간 진퇴를 거듭한 한국의 민주화운동의 특별한 매듭임이 분명한 것 같다. 2017년이 어떤 사람들에게는 숭고한 이념들이 지난한 우회로를 거쳐 드디어 지상에 강림한 가슴 벅찬 순간이 아니었을까. 하지만 촛불정신을 계승했다는 정부의 여러 정책이 다른 누구도 아닌 시민들에 의해 거부되고 있는 2021년 봄, 이제 사람들은 그들이 오 년 전에 태극기를 들고 있었느냐 촛불을 들고 있었느냐와 무관하게 그 이념들에 환멸을 느끼는 것 같다. 이제 와서는 방향을 바꿔 찔러대는 '이게 나라냐?'라는 힐난을 포함해서 인터넷에 떠돌아다니는 성난 문구들을 읽어보면 사람들은 이제 그런 이념들은 다 우스갯소리이거나 음험한 꿍꿍이를 감추고 있는 헛소리 그러니까 아무것도 아닌 것이라고 받아들이는 것 같다.

김홍 작가가 그런 것들을 의식하고 있는가의 여부를 떠나서, 김홍 소설의 우스갯소리들이 신랄해질 때 거기에는 우리 시대의 환멸의 웃음이 유입되어 공명하는 것 같다. 그러나 김홍 작가의 정치적 견해가 어떤 것인지와 상관없이[3], 김홍의 소설은 환멸의 대상을 두고 단지 냉소하거나 복수하고자 하지 않는다[4]. 김홍의 소설은 차라리 환멸의 웃음을 아무것도 아닌 자들의 삶, 밑바닥 인생 가까이로 끌어내리면서 삶과 웃음을 동시에 형질 변환 시키는

3) 여담일 뿐이지만 독자들이 기억해내기 용이하지 않은 사항 한 가지를 기록해 두고 싶다. 김홍 작가의 데뷔작 「어쨌든 하루하루」에는 "정부가 야심차게 추진한 국정 과제였던" "달 탐사 프로젝트"가 국가적 규모의 아무것도 아닌 것, 헛소리로 등장하며 그것이 어떤 의미에서는 "내가 겪은 고통의 기원"(180쪽)이라고도 되어 있다. 픽션처럼 보이는 이 에피소드는 2012년 말 대선을 앞두고 열린 TV 토론회에서 박근혜 당시 대통령 후보가 실제로 내건 공약이었고 그 공약에 따르면 달 궤도선 발사는 2017년에 현실화될 것이었었다. 한국형 달 탐사 프로젝트의 실제 경과에 대해서는 심채경의 『천문학자는 별을 보지 않는다』(문학동네, 2021) 175~178쪽에 간략히 소개되어 있다. 물론 이 행성과학자의 책에서 달 탐사는 헛소리가 아니다. 한편, 김홍 작가의 경장편소설 『스모킹 오레오』(자음과모음, 2020)에는 "그러니까 내가 항상 말하잖아요. 전두환을 자연사시키는 게 한국 현대사의 가장 큰 수치가 될 거라고"(53쪽)라고 말하는 인물이 등장한다. 김홍 작가의 정치적 견해를 우리가 아주 모르기는 어렵다.

4) 이것은 트레버-로퍼가 호세 오르테가 이 가세트와 유사한 구도에서 세르반테스를 비평할 때 썼던 표현이기도 하다. "그러나 세르반테스는 공격하지 않았다. 설령 환멸을 느꼈다 하더라도, 그는 자신의 환멸에 대해 보복을 가한다거나 냉소하지 않았다. 어떻게 그럴 수 있겠는가? 그 환상에 자신의 반생(半生)을 바쳤고, 이제 그 자신은 에스파냐와 더불어 조롱거리가 된 마당에? 조만간 세르반테스 자신처럼 헌신적으로 살아본 경험이 없는 세대, 그리고 과거의 공상을 매정하게 대할 수 있는 세대가 등장할 것이다. 그러나 적어도 세르반테스는 그렇게 할 수 없었다. (……) 그는 근본적으로 (……) 환멸을 느꼈으되 (그 환상이 자신들의 것이었기에) 그에 대해 후회하지 않는 세대를 위해 쓴 것이다." H. R. 트레버-로퍼, 「돈키호테의 두 에스파냐」, 『호메로스에서 돈키호테까지』, 윌리엄 L. 랭어 엮음, 박상익 옮김, 푸른역사, 2001, 491쪽.

내러티브 실험을 수행하는 것 같다. 「실화」의 정기가 "믿을 수 없는 것을 믿고 싶은 마음"(25쪽)으로 아무것도 아닌 헛소리들에 감염되어 현수 같은 악당의 정체가 밝혀진 뒤에도 끝까지 그를 사랑하고 돌아와주길 기다리며 자기 인생을 망치는 이야기를 그저 유쾌한 기분으로 읽을 수 있는 독자들이 얼마나 있을까. 그것은 읽기에 따라 아직도 헛소리에 대해 충분히 환멸을 느끼지 못하는 우리 자신의 모습이 될 수도 있는데. 그러나 이 소설이 '믿을 수 없는 것을 믿고 싶은 마음'을 축적시키다가 흘러넘치게 해서 나중에는 게르마늄 목걸이에 관한 거의 신화와도 같은(이 소설의 첫 장면이 이 신화적 시간의 선포로 되어 있다. "정기는 먼 곳에서 산이 무너져내리는 소리를 들었다. 산맥이 통째로 바다에 가라앉으며 돌 긁는 소리를 내는 것처럼 들리기도 했다. 크고 무서운 소리였다."(9쪽)) 엉터리 믿음을 유포시킨 끝에 정기가 그의 신실한 믿음을 보상받아 소박한 삶의 행복을 되찾을 뿐 아니라 독자인 우리들에게 그 믿음의 주문을 가르치려 들 때, 저 헛소리들에 대한 야유와 환멸의 한가운데 지금까지의 헛소리들과는 전혀 다른 종류의 믿음의 대상이라는 불가능한 사물에 대한 요구가 들어 있다는 점을 조금은 알아차릴 수 있지 않을까. (이 소설의 제목은 이 엉터리 같은 이야기가 '실화實話'라고 능청을 떨며 한번 더 웃어보자는 것 이상으로, 저 불가능한 사물과 우리의 삶이 더이상 모종의 관계를 맺기 어렵게 되었다는 뜻의 '실화失和'는 아닐지. 이 소설의 줄거리도 보기에 따라서는 주인공 정기가 사랑하는 친구 현수와 사이가 멀어지게 되었다는 것失和이 되기도 하니까.)

어떤 면에서 볼 때 김홍 소설의 인물들은 환멸에 빠졌으나 환멸의 대상에 복수할 수 없었던 돈키호테의 슬픈 패러디이다. 즉 그들은 근대적 고뇌에 사로잡혀 괴로워하는 고딕풍의 그리스도이다. 그들은 순수성과 의지를 상실하고 또다른 새로운 것을 찾아 방황하는 고통 속의 상상력으로 창조된 우리 동네의 희화화된 그리스도이다. 과거의 사상적 빈곤, 현재의 천박함 그리고 미래의 신랄한 적대감에 예민하게 반응하는 한국문학 독자들이 삼삼오오 모여 있을 때마다 그들 사이로 어디선가 흘러나온 주문 외는 목소리가 지나가는 것이다.

'알 칸다 마데 루와노프 브리사 미촉 미촉법'

'알 칸다 마데 루와노프 브리사 미촉 미촉법'

……

작가의 말

한때 나는 세계가 구겨진 종이와 같다고 생각했다.

무엇이 적혀 있는지 펴보기 전까지는 알 수 없는.

나는 단단히 뭉쳐진 종이 뭉치 속을 들여다보려고 노력했다.

언젠가 나는 구겨진 종이를 펴보았다.

거기엔 아무것도 적혀 있지 않았고, 한번 구겨진 종이는 빳빳해지지 않았다.

나는 이리저리 금이 가 있는 종이의 굴곡을 그려내고 싶어했다.

어느 날 내 앞에 구겨진 종이도, 펴진 종이도 없다는 걸 깨달았다.

빈손을 물끄러미 보다가 굵은 주름과 잔주름이 이리저리 엉켜 있는 걸 발견했다.

나는 내 손금을 서툴게 따라 그리기 시작했다.

하루는 내 손이 어디에도 없는 건 아닌가 싶은 의심이 들었다.

그렇게 생각하자 손은 점점 투명해지기 시작했다.

나는 눈을 감고 허공에서 부딪히는 공기의 대류를 따라갔다.

한참을 그렇게 있고 나서야 알 것 같았다.

내가 되고 싶은 것은 하나의 점이었다.

2021년 4월

김홍

| 수록 작품 발표 지면 |

실화 …… 『문학동네』 2018년 가을

우리가 당신을 찾아갈 것이다 …… 『자음과모음』 2019년 봄

신년하례 …… 문학 플랫폼 '던전' 2020년 12월~2021년 1월

699.77 …… 『현대문학』 2017년 4월

곳에 따라 소나기 …… 문학 플랫폼 '던전' 2020년 11~12월

싱가포르 …… 문장 웹진 2017년 8월

어쨌든 하루하루 …… 2017년 동아일보 신춘문예 당선작

이인제의 나라 …… 『에픽』 2021년 1·2·3월

문학동네 소설집
우리가 당신을 찾아갈 것이다

초판 인쇄 2021년 4월 9일
초판 발행 2021년 4월 20일

지은이 김홍
책임편집 정은진 | 편집 이상술
디자인 최윤미 최미영 | 마케팅 정민호 이숙재 우상욱 정경주
홍보 김희숙 김상만 함유지 김현지 이소정 이미희 박지원
제작 강신은 김동욱 임현식 | 제작처 영신사

펴낸곳 (주)문학동네 | 펴낸이 염현숙
출판등록 1993년 10월 22일 제406-2003-000045호
주소 10881 경기도 파주시 회동길 210
전자우편 editor@munhak.com | 대표전화 031) 955-8888 | 팩스 031) 955-8855
문의전화 031) 955-3578(마케팅) 031) 955-8864(편집)
문학동네카페 http://cafe.naver.com/mhdn | 트위터 @munhakdongne
북클럽문학동네 http://bookclubmunhak.com

ISBN 978-89-546-7893-3 03810

* 이 책은 서울문화재단 '2019년 첫 책 발간 지원사업'의 지원을 받아 발간되었습니다.